Antholog_

dahinter

Hrsg. Magret Kindermann

ANTHOLOGIE

dahinter

HRSG. MAGRET KINDERMANN

Inhaltswarnungen auf Seite 99

© Magret Kindermann, Eisenach 2021

Covergestaltung: Magret Kindermann
Illustrationen: Magret Kindermann, Unsplash
Buchsatz: Catherine Strefford
Lektorat: Magret Kindermann
Zeichnung auf S. 32: June Is
Herstellung und Verlag: BoD – Books on Demand, Norderstedt

ISBN: 978-3-755741-82-4

Inhalt

Vorwort

Der niederländische Künstler Johannes Vermeer aus der frühen Neuzeit malte nur wenige Bilder und kaum etwas aus seinem Leben ist bekannt. Umso größer war die Aufregung, als 1979 entdeckt wurde, dass sein berühmtes Bild *Brieflesendes Mädchen am offenen Fenster* nach seinem Tod von fremder Hand übermalt worden war und so ein wichtiges Detail im Hintergrund bisher verborgen blieb. Im Bild steht eine junge Frau am offenen Fenster und liest einen Brief. Am interessantesten finde ich dabei ihr Gesicht. Das ist Vermeers Zauber, er schafft es, dass wir den allumfassenden Fokus der jungen Frau sehen können. Und damit ergibt sich die große Frage: Worum geht es im Brief? Wir müssen es nicht wissen, um das Bild zu lieben. Unsere eigenen Leben füllen die Lücken. Der Brief bekommt die Handschrift unserer Großmutter, die uns nach Jahren endlich über die Familie aufklärt. Oder der Brief ist von unserem geliebten Bruder, der ausgezogen ist und uns mit dem Rest der furchtbaren Familie zurückgelassen hat. Rätsel in der Kunst erlauben uns, den eigenen Platz darin zu finden. Wir können uns das Bild von Vermeer zu eigen machen.

Vor der Briefleserin steht ein Tisch, der unter dicken, unordentlich aufgehäuften Stoffen verborgen ist. Sind das Teppiche? Auf dem Teppichhaufen steht schräg eine Schale mit gemischten Früchten: Pfirsiche, Äpfel, Pflaumen. Einige sind auf den Tisch gerollt, ein Pfirsich ist halbiert und man sieht den Stein. Ein grüner Vorhang verbirgt fast einen Drittel des Bildes und gibt uns das Gefühl, etwas Intimes zu beobachten. Tun wir, denn Früchte sind ein beliebtes Symbol für die Sünde. All das gibt uns schon eine Idee, in welche Richtung der Brief geht. Hinter der jungen Frau ist die Wand. Die große, hohe, leere, weiße Wand. Und was sagt uns das? Intimität und Sünde trifft auf die Leere. Zerbricht gerade die Hoffnung der Briefleserin?

Das verlorene Detail wurde durch Röntgenaufnahmen entdeckt: Die Wand ist nicht leer. Zuerst ging die Kunstwelt davon aus, dass Vermeer selbst die Änderungen vorgenommen hatte. Es ist nicht unüblich, dass Maler*innen während des Prozesses die Meinung ändern und etwas korrigieren. 2017 aber fand man heraus, dass die Farbschicht für die weiße Wand erst Jahrzehnte nach Vermeers Tod aufgetragen wurde. Also entschloss man sich, den ursprünglichen Zustand wieder herzustellen. Die Arbeit ist langwierig und mühselig, denn die obere Farbschicht muss vorsichtig mit einem Skalpell abgetragen werden, um die unteren nicht zu beschädigen. Nach Jahren ist das versteckte Detail seit 2021 wieder sichtbar. Wo vorher eine karge Wand war, hängt nun hinter der Briefleserin ein großes Bild: Amor, der Masken zertrampelt.

Es geht um die wahre Liebe, der wir uns ehrlich und ohne Masken stellen. Die Früchte allein haben nichts mit Liebe zu tun, sie sind das Verlangen, der Sex und beides kann schnell vorüber sein. Der Amor jedoch verändert alles.

Die Literatur wird selten als Kunst bezeichnet, als wäre sie etwas Eigenes, Unabhängiges. Dabei bedient sich das Schreiben derselben Kniffe wie die Malerei. Wir kreieren ein aufregendes Bild, das uns in den Bann zieht und uns unterhält. Jedoch erst, wenn wir die Details beachten, erkennen wir die ganze Bedeutung. Manchmal können diese Details alles verändern. Aber warum verstecken wir den Kern der Geschichte? Zugegeben, nicht immer ist er so gut verborgen wie bei Vermeers Briefleserin, aber warum gibt es viele Geschichten mit mehreren Ebenen? Weil unsere Wunden nur auf diese Weise ertragen werden können. Egal wie wüst und brutal die oberste Ebene ist, die darunter sind echt und roh und verletzlich. Dazu hat der Mensch die Angewohnheit, Dinge erst zu glauben, wenn er sie selbst erfährt. Nichts kommt der eigenen Erfahrung näher, als wenn man in einer Geschichte eine Farbschicht entdeckt und das Verborgene freilegt. So offenbart man nicht nur die wahren Bedeutungen, sondern auch womöglich einen Teil von sich selbst.

In dieser Anthologie sind sieben Geschichten vereint, die etwas hinter dicken Farbschichten zu verbergen haben. Nimm dir ein Skalpell und schau dahinter.

Magret Kindermann
Eisenach, Oktober 2021

JENNIFER PFALZGRAF

Die Frau,
die vor dem Regen floh

Von außen sahen sie aus wie ein Gemälde von Edward Hopper: ein leeres Restaurant zu später Stunde, Glasfassade, billig, aber peinlich genau darauf bedacht, zumindest sauber und ordentlich auszusehen. Zwei Menschen saßen sich gegenüber, saßen an einem Tisch, und doch war jeder für sich allein. Die Frau war zu früh da gewesen und hatte sich vor dem Regen in das Café geflüchtet.

Du willst mich nicht mehr, sagte die Frau leise. Ist es nicht so?

Der Mann schwieg und starrte seinen Teller an. Dann nahm er einen Bissen und kaute langsam.

Die Frau schluckte. Sie schob die Essensreste von sich. Der Teller scharrte über die Tischplatte aus falschem Marmor. Die Krümel auf dem Porzellan, der Kunststoff-Überzug des Tisches: Alles wirkte vergänglich. In *vergänglich* steckte das Wort *gehen*.

Die Frau stand auf und zog sich an. Zögerlich lief sie los, bis sie vor der gläsernen Tür stehen blieb.

Draußen regnete es. Das bedeutete, sie konnte jetzt nicht gehen. Sie hatte Angst vor dem Regen. Angst davor, von den Tropfen gefressen zu werden. Die Tropfen stellte sie sich wie Tausende kleine Piranhas vor, die in einem mit Luft gefüllten Becken schwammen. Regen war gefährlich heutzutage.

Was sollte sie tun? Hierbleiben wollte sie nicht. Ihr Blick blieb am abgewetzten Plastiktürgriff hängen. Holzimitat. Sie wandte den Kopf und sah zur Theke hinüber. Kunststoff. Dahinter spülte die Kellnerin Gläser. Sie warf ihrer Kundin einen Blick zu, der suggerierte, dass sie bei ihrer Tätigkeit lieber nicht unterbrochen werden wollte. Die Frau, die hier Gast war, studierte das schwarzweiße Schachbrettmuster des Bodens.

Aus dem Augenwinkel lugte sie zum Mann hinüber. Er hatte inzwischen aufgegessen. Nun starrte er ins Leere, mit Weißgottwas beschäftigt. Die Frau fragte die Kellnerin: Entschuldigung, darf ich hier sitzen bleiben? Draußen regnet es.

Die Kellnerin zog eine Augenbraue hoch, zuckte mit den Schultern und scheuerte mit einem Lappen die Theke. Mir egal, sagte sie.

Die Frau sah sich um. Der Mann saß nach wie vor wie eine bewegungslose Puppe an seinem Tisch, als sei er selbst ein Möbelstück geworden. Die Möbel: Senfgelbe Plastikstühle, nichts als Hartschalen auf einem Metallgestell, erinnerten sie entfernt an das Design aus den 50ern. Schwarzweiße Tischplatten in Marmor-Optik, deren dünne Folie sich abzupellen begann wie Haut, die sich schuppte. An den Wänden überbelichtete Fotos, deren grelle Hintergrundfarben die Körper der weiblichen Models noch geisterhafter erscheinen ließen, wie Skelette.

Skelette. Piranhas. Die Frau richtete den Blick nach draußen. Hinter beschlagenen Scheiben klopfte der Regen sanft gegen die Fensterscheiben. Die Szene hatte etwas Übernatürliches, so wie Sonnenaufgänge am See. Doch die Welt hinter diesen Scheiben hatte nichts von einer Naturidylle. Der Regen zerfraß die Konturen, verwischte Spuren, die Menschen zuvor hinterlassen hatten. Weit und breit war niemand zu sehen: Keine grimmigen Gesichter unter Regenschirmen, keine Kinderfüße, die in Gummistiefeln steckten und durch Pfützen wateten, keine Fahrradreifen, die über Bordsteinkanten glitten. Nur der Regen umzingelte das Café.

Mit einem Mal fühlte sich die Frau müde. Sie setzte sich auf einen der Stühle, damit sich zumindest dieser mit etwas Leben füllte.

Die Theke neben ihr nahm die komplette Wandseite ein, bis auf einen schmalen Durchgang mit einer Tür, die vermutlich ins Lager oder die Küche führte. Leere Essensauslagen glänzten im kalten Neonlicht wie frisch desinfizierte Wunden.

Die Frau stellte sich vor, wie das Café bei Tag aussehen könnte: Die senfgelben Stühle leuchteten im Licht der Nachmittagssonne. In den Fensterscheiben spiegelte sich der Trubel auf der Straße, vorbeitanzende Formen auf Glas. Menschen aßen hastig, Krümel und Soßenkleckser fielen auf die falschen Marmortischplatten. Schmutzspuren zogen sich über die einzelnen Bodenkacheln, Schwarzgrau auf Weiß und Beige-Grau auf Schwarz. Zwei Kellnerinnen anstatt einer standen hinter der Theke, eine kassierte, eine gab Essen und Getränke aus. Eine dritte tauchte in der Vorstellung der Frau auf, trug ein Haarnetz überm Dutt und beugte sich keuchend über einen Eimer, den Wischmopp in den Händen. Chemie gegen Keime, ein aussichtsloser Kampf. Im Café war es laut, die Stimmung eine Mischung aus Fröhlichkeit und Hektik. Hinter den schnell mahlenden Kiefern und wild gestikulierenden Händen schimmerte etwas durch, das mit den tanzenden Formen auf dem Fensterglas verbunden war.

Zurück im nächtlichen, leeren Café, traf die Frau eine Entscheidung. Sie sah nochmals zum Mann hinüber. Zögerlich lösten sich seine Augen vom leeren Teller und wanderten zu der Frau. Ihre Blicke kreuzten sich. Etwas an seiner Miene bedeutete ihr, sitzen zu bleiben und Distanz zu bewahren.

Also begann sie ein Spiel: Sie stellte ihm Fragen, aber nur im Kopf, und er antwortete darauf, ohne den Mund zu öffnen. Es war ihr egal, ob es wirklich war oder nicht. Denn in ihrem Kopf war es real.

Die Verbindung zwischen den beiden war schwach wie ein halb durchgetrenntes Glasfaserkabel. Die Frau begann, dem Mann Fragen zu stellen.

- Stimmt es, dass du mich nicht mehr willst?
- Ich weiß es nicht.
- Spürst du es denn nicht?
- Nein.
- Wieso bin ich dir nicht mehr gut genug?
- Das habe ich niemals gesagt.
- Stimmt. Warum hast du nichts gesagt?
- Was hätte ich denn sagen sollen?
- Dass du mich nicht mehr willst.
- Hast du das nicht bemerkt?

- Ich habe bemerkt, dass du abweisend bist. Aber woher soll ich wissen, was in dir vorgeht, wenn du nicht mit mir redest?

- Ich möchte es dir nicht sagen.

- Warum nicht?

- Weil es meine Sache ist.

- Ist es nicht. Wir waren über ein Jahr zusammen. Sag mir, was habe ich falsch gemacht?

- Du hast nichts falsch gemacht.

- Aber was ist dann der Grund?

- Es gibt keinen.

- Es muss einen geben. Warum sagst du ihn mir nicht?

- Also gut. Du interessierst mich nicht mehr. Bist du jetzt zufrieden?

- Nein. Du hast nur die Worte nachgeplappert, die ich dir in den Mund gelegt habe.

In diesem Moment löste der Mann seinen Blick von der Glasfassade und sah der Frau endlich in die Augen. Er atmete schwer.

Sie flehte innerlich: Bitte sag es mir. Sag es mir und ich gehe. Hinaus in den feindlichen Regen.

Er sank in sich zusammen. Sein Rückgrat krümmte sich wie ein Schutzschild gegen das Wortgeprassel der Frau, das eigentlich gar nicht real gewesen war. In seinen Pupillen spiegelten sich die blank gescheuerten Kacheln, spiegelte sich zweimal der leere Teller vor ihm, spiegelte sich diese Nacht.

Die Frau stand auf. Sie wollte ihm sagen, was sie von seinem Verhalten dachte. An der Kellnerin vorbei, die erstaunt den Blick hob, an den mageren Gespensterfrauen auf den Wandfotos vorbei, bis sie direkt vor dem Mann zum Stehen kam. Er saß noch immer auf dem senfgelben Stuhl und hob den Blick wie ein geprügelter Hund.

Sie sagte: Ich habe verstanden, dass du mich nicht mehr willst. Aber weißt du, was ich niemals akzeptieren könnte, wenn wir noch zusammen wären?

Die Lippen des Mannes zitterten leicht. Dann brachte er eine Frage zustande: Was?

Dass du feige bist, sagte die Frau. Nein, nicht du, sondern dein Verhalten. Das bist nicht mehr du.

Er senkte den Blick und nickte.

Die Frau atmete tief durch. Zum zweiten Mal durchquerte sie den Raum, das Hopper-Gemälde. Vor der Glastür blieb sie stehen, die Hand bereits am Holzimitatgriff. Sie warf der Kellnerin einen Blick zu. Der Putzschwamm hing wie ein Damoklesschwert in der Luft. Töte unerwünschtes Leben, schien er seiner Herrin zuzuflüstern. Trenne Gut von Böse.

Der Regen hatte sich in den vergangenen Minuten stetig verstärkt. Gut, dann würde es umso schneller gehen. Die Frau wollte die Klinke herunterdrücken, da spürte sie eine Hand auf ihrer Schulter. Es war nicht die der Kellnerin, sondern die des Mannes.

Er sah die Frau an und sagte: Nicht.

Nur dieses eine Wort. Dann schob er sich an ihr vorbei, öffnete die Tür, schlüpfte hindurch und schloss sie wieder hinter sich. Er trug weder einen Schutzanzug noch eine Atemmaske.

Inzwischen prasselte der Regen wie eine Sintflut herunter. Der Mann war jetzt draußen. Die Frau und die

Kellnerin wechselten einen beunruhigten Blick miteinander. Noch immer lag der keimtötende Schwamm in der Hand der Kellnerin.

Hinter den beschlagenen Glasscheiben verschwammen die Konturen des Mannes schon nach wenigen Metern. Der Starkregen verschluckte das Geräusch seiner Schritte. Die Frau wollte ihm etwas zurufen. Aber in ihrer Kehle steckte ein Kloß, als müsste sie das Essen wieder hochwürgen. Der Mann kam nicht weit. Im Glasscheibennebel begann schon das grausige Schauspiel: Der Regen, die kleinen Piranhas, zerfraßen zunächst seine Lederjacke. Seine Haare wurden weggeätzt, die Jackenreste zerschmolzen mit einem so lauten Zischen, dass es hinter der Glastür noch hörbar war, trotz der schützenden Gummiabdichtung. Der Mann brach zusammen. Die Beine der Frau sackten ihr weg. Fassungslos schlug sie sich die Hände vors Gesicht und schluchzte. Tränen schossen ihr in die Augen, Wasser wie der Regen draußen, aber harmlos. Die Kellnerin schrie beim Anblick des Mannes auf und duckte sich instinktiv hinter die Theke, obwohl sie wusste, dass sie drinnen sicher war.

Die Piranhas im schwarzen Becken fraßen weiter, nagten erst an den Oberschenkeln des Mannes, dann an seinen Füßen. Von Schultern und Hinterkopf waren nur noch einzelne Hautfetzen übrig, die wie rote Lappen vom Gerüst seines Körpers herabhingen. Wenn man mit diesen blutigen Lappen die Glasscheiben des Cafés polieren würde –

Mitten im Weinen musste die Frau lachen, so absurd war der Gedanke. Ich glaube, ich drehe gerade durch, schoss es ihr durch den Kopf. So muss es sich anfühlen, den Verstand zu verlieren.

Tränen rannen ihre Wangen hinab, versengten ihr die Haut. Oder doch nicht? Vorsichtig befühlte sie ihr Gesicht, alles wie immer. Nein, nicht wie immer, denn vor ihren Augen wurde gerade ein Mensch vom sauren Regen zerfressen, und das Skurrilste an der ganzen Situation war: Der Mann hatte noch keinen einzigen Laut von sich gegeben, aber das konnte auch täuschen, denn die Glasscheiben dämpften die Außengeräusche. Hinter der Haut kamen Muskeln, Sehnen und Organe zum Vorschein, dann das Skelett, das rauchend zu Staub zerfiel. Asche zu Asche, Staub zu Staub. Wasser zu Asche zu Staub. Die Frau wurde den Gedanken nicht los, dass der Mann diesen grausamen Tod sogar willkommen geheißen hatte. War sie verrückt, oder war er es? Oder die Welt, in der sie alle leben mussten, sie, er und die Kellnerin?

Die Kellnerin. Die hatte sie schon völlig vergessen. Die Frau löste ihren Blick von der Scheibe, als hätte er daran festgeklebt. Ihr Gegenüber hatte sich wieder aufgerichtet und atmete schwer, schluckte dann aber und zwang sich zu einem Lächeln. Die Kellnerin wrang den Schwamm aus, Putzwasser floss ins Waschbecken. Sie legte den Schwamm weg und sagte zu der Frau: Ist nicht Ihre Schuld. Der wollte das doch.

Die Frau reagierte nicht, sondern sah auf die Kacheln hinab. Schwarz und Weiß, so nah beieinander und doch strikt voneinander getrennt.

Die Kellnerin stützte eine Hand in die Hüfte und sagte: Außerdem war der sowieso ein Schlappschwanz.

Sie aber, Sie haben Mut. Kommen Sie bloß auf keine dummen Ideen.

Der kleine Pulverhaufen, den der Regen vom Mann übrig gelassen hatte, wurde bereits durchnässt. Wenn sie es nicht mit eigenen Augen gesehen hätte, würde sie am nächsten Morgen sicher achtlos an diesem Haufen vorbeigehen. Es war merkwürdig, wie sich diese Welt wieder alten Prinzipien annäherte. Sie fragte sich, ob Menschen früher auch so achtlos mit ihren Toten umgegangen waren, als der noch Tod allgegenwärtig war. Als die Menschen sich weniger Gedanken ums Morgen machten, weil es vor allem um das Jenseits ging. Vielleicht war das Jenseits ein leeres Café zu später Stunde. Vielleicht sah es aus wie ein Gemälde von Edward Hopper und die Menschen saßen am Bartresen und bestellten unendlich Drinks aufs Haus.

Ein Mundwinkel der Frau zuckte.

Das Räuspern der Kellnerin riss sie aus den Gedanken. Warten Sie hier, ich mache mich noch schnell fertig.

Fertig?, echote die Frau.

Ich habe hinten Schutzanzüge, erklärte die Kellnerin. Gegen den Regen. Sie streckte die Hand aus und stellte sich vor.

Die Frau lächelte und schüttelte die Hand der Kellnerin. Freut mich, sagte sie.

Nach ein paar Minuten kam die Kellnerin mit zwei Schutzanzügen und Atemmasken zurück. Sie hatte sogar Schutzschirme dabei. Der Regen ist heute Nacht ziemlich heftig, sagte sie. Nicht, dass er sich durch die Anzüge frisst.

Die Frau nickte, und sie schlüpften hinein und spannten die Schirme auf.

Bereit?, fragte die Kellnerin durch ihre Atemmaske hindurch.

Bereit. Die Frau nickte, und gemeinsam stapften sie hinaus. Die Kellnerin schloss eilig das Café ab. Mühselig setzten sie Schritt vor Schritt, denn die Anzüge wogen dreißig oder vierzig Kilo. Glücklicherweise hatten sie es nicht weit, die Bushaltestelle lag nur wenige Meter vom Café entfernt. Gesetzliche Anordnung: Haltestellen durften nur noch maximal fünfzig Meter vom nächsten betretbaren Gebäude entfernt sein.

An der Haltestelle warf die Frau einen Blick zurück aufs Café. Die Markise war größtenteils eingefahren, aber der Regen hatte angefangen, die Buchstaben des Café-Namens anzufressen.

Piranhas, sagte die Frau.

Was?, fragte die Kellnerin.

Nichts. Was für ein Wetter ist morgen?

Sonne mit Wolken, antwortete die Kellnerin. Oh, da kommt mein Bus.

Ich bringe Ihnen morgen den Schutzanzug zurück, sagte die Frau.

Okay, bis dann!, rief die Kellnerin zurück und stampfte an den Pfützen vorbei zum Bus. Die Kellnerin hob schwerfällig beim Einsteigen die Beine an. Es sah aus, als kämpfte sie mit einem Taucheranzug gegen den Wasserwiderstand. In jenem Moment glaubte die Frau, in einem überdimensionalen Fischtank zu schwimmen.

Der Bus der Kellnerin fuhr rasch an. Die Frau wich zurück, damit das Spritzwasser nicht den Anzug beschädigte.

Für ein paar Minuten hörte sie nur den Regen. Leises Motorbrummen kündigte schließlich ihren Bus an. Ein letztes Mal blickte die Frau auf den Aschehaufen vor dem Café, der einmal der Mann gewesen war.

NORA BURGARD-ARP

Er sagte »Komm mit«

Er sagt »Komm mit« und sie sagt »Ja«. Das war immer so gewesen. Auch jetzt – 70 Jahre, fünf Kinder, zwölf Enkelkinder und drei Urenkel später – ist es noch genau wie damals, als sie sich mit Anfang 20 kennenlernten: Er sagt »Komm mit« und sie sagt »Ja«.

Es sind seltsame Zeiten. Die Nachrichten bereiten ihm Kopfschmerzen. Warum kommen diese Infektionszahlen von einem Institut aus Amerika? Er hatte noch nie von diesem Institut gehört. Und wie kann es funktionieren, dass die dort wissen, was in Deutschland los ist? Warum glauben die Menschen ausgerechnet denen? Und wovor haben sie Angst? Schlimmer als der Krieg kann das doch nun wirklich nicht sein. Lächerlich. Hilft die Maske oder hilft sie nicht? Er ist es gewohnt, alles zu verstehen. Er ist es gewohnt, alles zu erklären. Er ist derjenige, der Vorträge hält. Er ist der, zu dem alle kommen, wenn sie Rat brauchen. Familie, Freunde, Firmen. Vor allem Firmen. Er versucht, das, was er vorhin in den Nachrichten gehört hat, festzuhalten. Doch die Informationen fließen durch ihn durch und er schafft es nicht, nach ihnen zu greifen und sie aus der Nähe anzuschauen. Das macht ihm Angst. Aber er weiß nicht, dass es Angst ist, was er fühlt.

»Ich hab dich lieb«, sagt seine zweite Enkeltochter am Telefon zu ihm. Die Wut kommt zurück. Er überstreckt den Rücken, drückt den Hinterkopf in das Kissen und wedelt mit der freien Hand. Zu nah, alle zu nah. Viel zu nah. Geht weg. Lasst mich jetzt in Ruhe. Ihr habt doch alle keine Ahnung. Er sagt nichts. Er schnaubt, lacht kurz und poltert: »Komm, lass gut sein jetzt, Mädchen.« Er legt auf und wählt die Nummer seines jüngsten Sohnes. Er ist die vierte Person, die er an diesem Abend anruft, und wieder schreit er in den Hörer: »Ich springe gleich aus dem Fenster! Ich will jetzt sterben!«

Als sie sich kennenlernten, war der Krieg seit einigen Jahren vorbei. Er wollte nicht warten und stellte die für ihn entscheidenden Fragen: Willst du Kinder? Wie viele? Bist du katholisch? Welchen Beruf übt der Vater aus? Treibst du Sport? Wie viel wiegst du? Ich würde gern mal deine Beine sehen. Haha, ich scherze natürlich nur. Aber dennoch: Wollen wir mal zusammen schwimmen gehen? Sie beantwortete alle Fragen. Sie heirateten, dann kamen die Kinder. Mit Kind Nummer 1 war sie bereits schwanger, als sie vor dem Traualtar standen. Das erzählten sie damals aber niemandem. Heute witzelt sie, wenn sie darüber spricht: »Der Holger war unser Frühchen«, sagt sie jedes Mal und zeichnet beim Wort Frühchen mit den Fingern Anführungszeichen in die Luft. Nach Holger kam noch ein Kind, dann noch eins und noch eins. Als sie mit Nummer 5 schwanger war, weinte sie. Der Gynäkologe zuckte mit den Schultern. »Das schaffe ich nicht«, sagte sie noch während des Ultraschalls. »Das schaffen wir schon«, sagte er, als sie wieder zuhause war, »auf eins mehr kommt es wirklich nicht an.« Fast sehnsüchtig dachte sie in diesen ersten Wochen ab und zu an die sehr frühe Fehlgeburt, die sie zwischen Kind Nummer 2 und 3 gehabt hatte. Sie erinnerte sich daran, wie sie plötzlich Blut am Toilettenpapier gesehen hatte und wie diese Blutung im Laufe des Tages immer stärker geworden war. Am nächsten Morgen hatte der Frauenarzt zu ihr gesagt: »Ja, das Baby hat sich verabschiedet.« Das Wort Baby hatte sie wütend gemacht. Es war Unfug, so früh in der Schwangerschaft von mehr als einem Embryo zu reden. Doch sie hatte nichts gesagt und war schweigend aus der Praxis gegangen. In der Generation ihrer Mutter hatten die Frauen manchmal mit einem Kleiderbügel nachgeholfen, zumindest hatte man sich das erzählt. Das hatten sie zum Glück nicht nötig. Sie besaßen ja genug Geld und führten ein sicheres Leben.

Ihre fünfte Geburt wurde ein Kaiserschnitt. Die anderen vier Kinder kamen für drei Wochen zu einer alten Bekannten ins Kloster. »Die Nonnen werden sie schon ordentlich verwöhnen«, sagte sie zu ihm, als er sie im Krankenhaus besuchen kam. Heute erzählt sie ihren Enkeln stolz: »Fünf Kinder in sechs Jahren. Wer schafft das schon? Und aus allen ist was geworden.«

Sie liebt ihn. Sie sagt, sie habe ihn schon immer geliebt. Immer mehr Erinnerungen verblassen, doch daran, wie er abends vor ihrem Elternhaus auf sie gewartet hatte, um sie auszuführen, erinnert sie sich noch gut. Ganz deutlich sieht sie noch, wie er dort stand, in seinem langen grauen Mantel und dem schicken Hut, den er mit ernstem Gesicht zur Begrüßung vom Kopf anhob. Eine prätentiöse Geste, über die sie auch heute noch heimlich lachen muss. Er hatte sich immer gut um sie gekümmert. Mehr als andere, viel mehr. Als erst ihre Mutter starb und ihr Vater kurz danach, sagte er zu ihr: »Verzichte auf das Erbe, das haben wir nicht nötig, ich sorge für dich.« Sie sagte »Ja« und erklärte ihrer Schwester, die nun Alleinerbin war: »Er ist so bescheiden und ehrgeizig. Wenn ich so viel Geld hätte, das würde ihn kränken und beleidigen.«

Sie wollte, dass er glücklich war und sie wollte ihm gefallen. Wenn er sagte, sie dürfte nicht weiter zunehmen und ab jetzt würde es mal für ein paar Wochen kein Eis mehr geben, sagte sie selbstverständlich »Ja«. Das war gesünder, besser, schöner, das wusste sie schließlich selber. Er hatte es nur für sie ausgesprochen. Dafür war sie dankbar. »Wenn die Mama zu dick wird, jage ich sie hier um den Esstisch, dann kann sie ein paar Runden laufen«, sagte er regelmäßig während des Abendessens, zwinkerte dabei seinen zwei Töchtern zu, und lachte laut. Seine Kinder lachten mit. Manchmal, wenn er schlief, ging sie heimlich an den Eisschrank. Bei so vielen Kindern im Haus war es unmöglich nachzuvollziehen, wann wer wie viel gegessen hatte. Dann rückte sie ihren Stuhl dicht ans Fenster und blickte ins Grün. Ihr Haus war umgeben von Feldern und Wiesen. Wenn sie auf diesem Platz saß und hinausschaute, waren die beiden Nachbarhäuser nicht zu sehen. Sie löffelte ihr Schokoladeneis und fühlte sich allein; sie liebte diesen Moment.

Seine Kinder interessierten sich nie für den Krieg. Sie schwiegen jedes Mal, wenn die Sprache darauf kam. Sie schwiegen, weil es so üblich war. Weil alle schwiegen. Eine Übereinkunft, die nicht ausgesprochen werden musste. Ein Theaterstück ohne Zuschauer, Improvisation statt Drehbuch, perfektioniert über die Jahre. Doch auf einmal musste etwas aus ihm raus. In manchen Zeitungen las er die Wörter *Kriegskinder*, *Kriegsenkel*, *Trauma*. Er blätterte weiter, das betraf ihn nicht. Er wollte doch einfach nur erzählen, er wollte nur, dass sie verstanden. Er wollte wissen, was sie von ihm dachten. Doch seine Kinder sagten jedes Mal: »Hör auf, Papa. Wir wollen die alten Geschichten nicht hören.« Zwei seiner Enkeltöchter hörten ihm zu, stellten manchmal Fragen, aber vor allem nickten sie. Es gab Tage, an denen er an nichts anderes denken konnte als an diese Zeit: 1933. 1939. 1945. Er dachte an Momente, die er eigentlich lange vergessen haben wollte. Wenn der Morgen langsam hervorkroch und die Nacht zur Seite schob, schaute er aus dem Bett zum Fenster und durch den Spalt im Rollladen nach draußen und ihm fielen Sätze ein, die er seit Ewigkeiten nicht mehr gehört hatte. Ab und zu versuchte er, mit ihr darüber zu reden, doch sie war zu weit weg. Je älter sie wurde, desto mehr sprach auch sie über früher. Doch sie wiederholte vor allem die Geschichten aus der eigenen Kindheit und aus den Jahren, als ihre fünf Kinder klein gewesen waren. Die Zeit dazwischen war für sie scheinbar nicht mehr existent. 1933-1945: eine Lücke im Lebenslauf.

Seit zehn Wochen liegt er bereits im Krankenhaus. So lange hatte er in seinem Leben noch nie am Stück gelegen. Gestern noch sagte er zum Physiotherapeuten, es sei ihm wichtig, wieder bis zum Marktplatz laufen zu können. Heute bekommt er kaum noch Luft. Seine Füße schmerzen und die Brust auch. Aber ihm will ja niemand helfen. Alle behandeln ihn schlecht, niemand versteht, was er braucht. »Einfache Menschen sind das«, denkt er. Er will mit dem Chefarzt sprechen, doch der kommt nur einmal am Tag und am Wochenende gar nicht. Die Krankenschwester ist jung, viel zu jung. Wie sollte sie das verstehen? Wie sollte sie ihn verstehen? Das kann sie nicht. »Hallo, Fräulein? Kommen Sie mal? Ach, Sie haben doch keine Ahnung. Der Physiotherapeut ist auch ein Arschloch. Der soll nicht mehr kommen. Ich rufe jetzt meinen Sohn an, der ist ebenfalls Chefarzt.«

Drei seiner Kinder haben einen Doktortitel, alle Enkel Abitur. Darauf ist er stolz. Doch manchmal beobachtete er stirnrunzelnd die Entscheidungen der Frauen in seiner Familie, vor allem die der Enkeltöchter. Ein paar von ihnen sind auf dem Holzweg und das musste ihnen gesagt werden. Abitur wird gemacht! Kunststudium? Philosophie? Brotlose Kunst! Die Lena studiert Medizin, das ist ein tüchtiges Mädchen. Du kommst mit deinem Geld nicht aus während des Studiums? Schreib mir auf, welche Ausgaben du hast, und ich gehe das für dich durch. Ich habe das schließlich gelernt. Wenn dein Mann einen Job in einer anderen Stadt bekommt, gehst du mit. Willst du nicht langsam mal Kinder haben? Es wird Zeit. Säuglinge gehören zur Mutter. Du darfst nicht zu früh wieder arbeiten gehen. Aber arbeiten sollte eine Frau. Wie ergeht es dir denn in deinem Beruf? Möchtest du noch promovieren? Solltest du! Dein Vater hat auch promoviert, ein Doktortitel macht was her, dann wissen die Leute sofort, mit wem sie es zu tun haben. Treibst du Sport? Rauchst du? Ab und zu ein Glas Wein ist in Ordnung, aber niemand will eine betrunkene Frau sehen.

Zu seiner ersten Enkeltochter hat er ein besonders gutes Verhältnis. Sie ist die Erfolgreichste von allen und das hat sie auch ihm zu verdanken, das weiß er. Mit ihr kann er am besten reden. Denn sie legt Wert auf seine Meinung und er kann ihr viel beibringen. Am Telefon erzählt er ihr noch einmal die Geschichte, wie er die Firma, für die er immer noch arbeitet, vor sechzig Jahren vor dem Bankrott rettete. Während er spricht, bekommt er schlechter Luft. Im Nacken kribbelt es und die Handflächen schwitzen. Sein Magen zieht sich zusammen und die Wut kriecht von dort nach oben, bis es aus ihm herausplatzt: »Aber deinem Vater und seinen Geschwistern ist es ja scheißegal, was ich kann und was ich weiß. Sie denken, sie wissen alles besser, und behandeln mich wie den letzten Dreck. Arrogante Arschlöcher sind das.« Erschöpft lässt er den Arm wieder auf die Krankenhausdecke sinken und sagt: »Tja, Lena. Plötzlich ist man niemand mehr.«

Sie darf ihn einmal am Tag besuchen. Allein. Und nur für eine Stunde. Dann sitzt sie am Bett und hält seine Hand. Wenn das Pflegepersonal ins Zimmer kommt, lässt sie die Hand schnell los. Berührungen sind eigentlich verboten. Seine Kinder rufen täglich an. Ein paar seiner Enkel auch ab und zu. Ob er sich einsam fühle, fragt seine Tochter. »So ein Quatsch«, sagt er. Er ist traurig. Doch er weiß nicht, dass es Trauer ist, was er fühlt.

»Wir lassen uns einäschern.«

»Ja, natürlich.«

»Möchtest du einen Gottesdienst?«

»Ja, das ist mir wichtig.«

»Thomas wird die Urnen für uns aussuchen.«

»Gute Idee.«

»Ich schreibe das jetzt auf. Damit alles klar geregelt ist.«

»Ja. Doch was machen wir, wenn jemand viel früher stirbt als der andere?«

»Ich überlege mir was. Ich werde das klären. Du kümmerst dich darum nicht. Ich mache das.«

»Ja.«

Seit er im Krankenhaus liegt, ist sie allein zuhause. Jeden Tag macht sie einen Spaziergang zum Markt und kauft frischen Fisch und etwas Käse. Ab und zu trifft sie Bekannte, die sie grüßen. Sie erkennt nicht mehr alle, aber grüßt jedes Mal freundlich zurück. Vielleicht geht sie morgen mal in den Gottesdienst. Sie darf ihn ja sowieso nur einmal am Tag im Krankenhaus besuchen. Braucht sie in der Kirche wohl eine Maske? In den Nachrichten hörte sie, dass nicht mehr gesungen wird. Schade.

Sein Tod ist jetzt unausweichlich. Die Wut auf seine Kinder und auf das Pflegepersonal ist verschwunden. Er denkt sowieso kaum noch an jemand anderes. Nur noch an sie. Er macht sich große Sorgen um sie und überlegt, wie es weitergehen könne. Sie lebte noch nie allein, sie kann das ohne ihn nicht schaffen. Er muss sich um sie kümmern. Er muss es regeln. Ohne ihn geht es nicht. So war es immer schon gewesen. Schon seit Tagen nimmt er seine Beruhigungsmittel nicht mehr, er versteckt sie in einem Stofftaschentuch unter dem Kissen. Ob das reichen wird, weiß er nicht, und er nimmt sich vor, auf Nummer sicherzugehen und noch einige Tage, vielleicht sogar Wochen, weiter zu sammeln.

Natürlich muss er erst mit ihr reden. Er wartet auf sie und als sie am Nachmittag endlich zu Besuch kommt, erklärte er es ihr. Dabei schaut er an die Decke und wiederholt seine Bedenken. Sie muss es verstehen, das ist das Wichtigste. Dass er sich Sorgen um sie mache und dass sie ohne ihn nicht zurechtkommen werde, sagt er. Dass sie ihn brauche, wie sie sich das ohne ihn denn vorstelle, dass es nicht anders gehe und ob sie etwa eine bessere Idee habe.

Sie nickt, er hat recht. Sie bekommt Angst. Wer soll denn all das regeln, wovon sie nichts verstand, wenn er erst einmal weg ist. Sie hat davon doch keine Ahnung. Sie zupft an seinem Bettlaken.

Dann sagt er: »Komm mit.«
Und sie sagt: »Ja.«

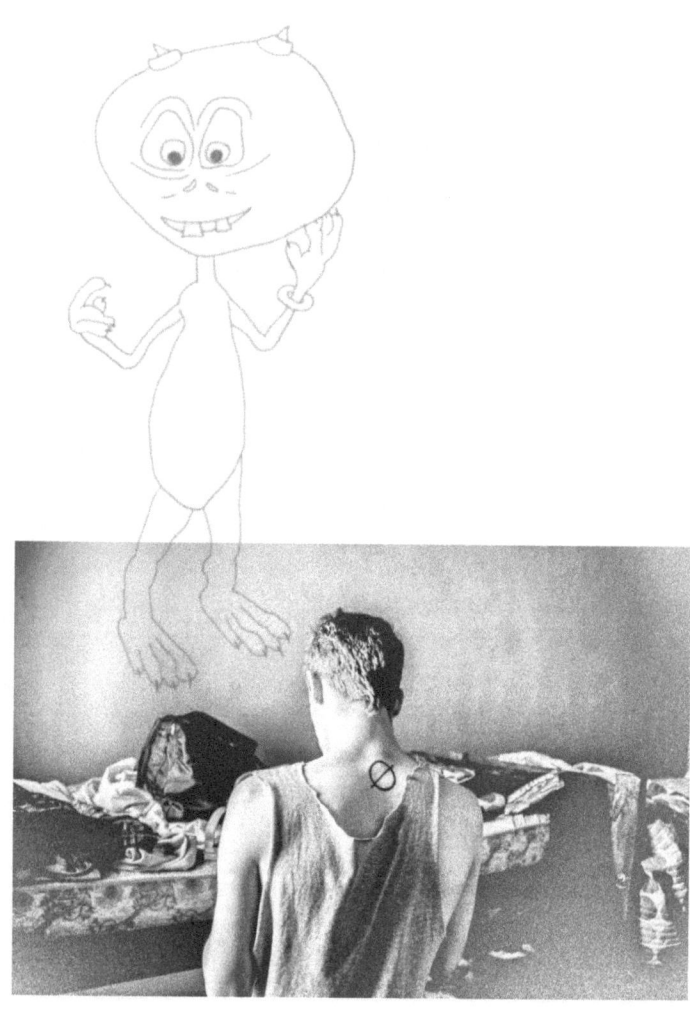

Chibo weiß, wo der Babo ist

Bunt

Eine schäbige Hotel-Lobby. Noch schäbigere Sofas. Ich gehe auf eins zu, schaue nach unten, wate in Asche. Zigaretten? Da unten ist was, blitzt mir entgegen. Ich hebe es auf. Ein Zahn! Meiner? Ungläubig ertaste ich mit der Zunge die Lücke, versuche zu begreifen.

Sepia

Laute Musik dröhnt aus einer Stereo-Anlage. Party-gebrabbel. Kopfweh. Ich drehe die Musik ab. Menschen beschimpfen mich. Ich übergebe mich in die Toilette.

Bunt

Wieder die Hotel-Lobby. Ich starre auf den Zahn in meiner Hand. Was war das für ein Fest?

Sepia

Laute Schweißtropfen. Eine Minibar. Ein Schatten. Mein Kopf knallt gegen etwas Hartes, es knirscht. Ich spucke, dabei fällt der Zahn. Wohin? Blut.

Bunt

Universität. Sicherheit. Ich gehe zu meinem Professor.

Magendruck. Er schickt mich zum Vortrag eines Kollegen. Thema: *Zahnausfall als Warnsignal des Körpers.*

Ein Typ aus der Grundschule sitzt neben mir, hält mir einen Wodka-Red Bull hin. Gut gegen Backenzahnverlust. Aha.

Ich kriege nichts mit, laufe zurück ins Labor. Der Professor schaut grimmig drein. Seine Haut schimmert wie die seines Alien-Versuchswesens: lila-türkis.

Seit wann sind Sie einer von denen?, frage ich, als er mich zur Tür hinausschiebt. Haftbefehl, murmelt er draußen und schüttelt den Kopf. Gegen wen? Keine Antwort. Ich fühle wieder meine Zahnlücke. Gefühlsausfall. Alles dreht sich.

*

Der Assistent wachte schweißgebadet auf. Als Erstes prüfte er seine Zähne, alle da. Puh. Dann sprang er aus dem Bett. Die Gläser der gestrigen Geburtstagsparty standen noch im Raum verteilt herum. Erst mal eine Aspirin.

Gegen neun Uhr war sein Bart rasiert und er selbst bereit fürs Labor. Seit Cheffe, wie er seinen Boss nur nannte, auf Exkursion in den *Heiligen Venusfeldern* war, durfte er sich mit dem Alien Chibo herumschlagen. »Und lass ihn ja nicht sterben!«, so die Anweisung des Forschers, bevor er sich verdünnisierte.

Mäßig gelaunt hielt er seine Magnetkarte an die Tür und entriegelte das Schloss. Sogleich spürte er einen Luftzug. Wind, im Labor? Ach du Scheiße!

Er rannte zu Chibos Käfig. Offen. Ein Blick nach oben – die Fensterscheibe war zertrümmert. Regen tropfte ins Labor. Sterilität ade. Drinnen und draußen natürlich keine Spur von Chibo.

Och nee! Erst der Zahnverlust im Traum und jetzt das. Cheffe würde ihn wahrscheinlich lynchen. Der hatte noch nie sonderlich viel von Assistenten gehalten, das würde das Aus des Assistenten bedeuten. Wieso musste die Uni auch diesen Außerirdischen haben? Und die Außenwelt wusste nichts davon! Und wenn er einfach irgendwo auftauchte, die Presse würde … Der Assistent schluckte und dachte nach, wie er das Dilemma am besten verpacken könnte. Er betrachtete die Scheibe. Wieso hatte der Alarm nicht angeschlagen? Die Wach- und Schließgesellschaft der Uni hätte doch etwas bemerken müssen.

Der Assistent biss sich in die Faust. Gut, dass der Boss nicht da war.

Im nächsten Moment fiel ihm ein, dass er diesen schnellstens benachrichtigen sollte. Möglicherweise gab es eine Chance, Chibo da draußen zu aufzuspüren. Irgendeine Methode, von der er als kleiner, nichtsnutziger Assistent nichts wusste.

Er nahm das Diensthandy zur Hand.

»Chef, Ihr Außerirdischer ist weg.« Nee, doof.

»Chef, ich habe versagt. Chibo ist verstorben.« Stimmte ja nicht. Auch doof.

»Es gibt da eine blöde Sache … Als ich heute früh das Labor aufschloss, hatte der Blitz eingeschlagen …« Ach, verdammt!

Er lief im Labor auf und ab. Wie sollte er es ihm nur beibringen?

Der Assistent hatte schon oft schwitzige Hände gehabt, aber dieses Mal rutschte ihm das Telefon zweimal aus der Hand, so schlimm war es.

Verdammt! Dann eben mit lautgestelltem Ton.

Er legte das Handy auf die Anrichte neben Chibos leeren Käfig und wählte Cheffes Privatnummer.

Durchs offene Fenster beobachtete ihn ein Eichhörnchen.

»Was gibt's?«, tönte Cheffes Bass-Stimme durch den Raum. Das Eichhörnchen und der Assistent erschraken gleichzeitig.

»Chef … also das ist so.« Er holte tief Luft und kratzte sich am Hinterkopf.

»Kleiner, ich habe nicht den ganzen Tag Zeit, ich beobachte gerade die Schenkel eines Sumpfsteigers.« Er hüstelte und der Assistent verkniff sich die Frage nach dem Geruch vor Ort. »Wenn der Oberuniboss wieder Papierkram hat, erledige das einfach für mich. Da kann man quasi nichts falsch machen, denn man kreuzt immer das Falsche an.«

»Äh ja. Chibo wurde entführt.«

Stille.

Unerträgliche Stille.

Dem Assistenten lief der Schweiß in die Kniekehlen.

»WAS?«

Das Eichhörnchen hüpfte weg.

*

Josh kaute auf einem Stück Pizza, während er mit der aktuellen PlayStation zockte. Im gelieferten Karton waren noch drei weitere Stücke, er hörte seine Mutter im Geiste reden: »Stapel das Essen nicht auf wertvolle Bücher, wird doch alles fettig, Junge.« Tja, wenn mehr Platz wäre. Wenn er sich als zweitklassiger Programmierer wenigstens eine ordentliche Bude leisten könnte, wenn, wenn, wenn. Aufräumen war noch nie seine Stärke. Lieber langweilte er sich.

In dem Moment fiel ein Stapel aus Büchern und Kleidung um und bedeckte das letzte Stück freien Boden. Josh zuckte mit den Schultern und angelte sich das nächste Stück Pizza. Ein Buch des Stapels hatte es zu bis zu Joshs Sofa geschafft. Titel: *Sexcrime*. Wieso besaß er so einen Schund? Ach, es fiel ihm wieder ein, das war ein Buch seiner Ex-Ex. Wusste nur keiner außer ihm. Daher lebte es noch. Eigentlich hatte er es schon längst in eine Telefonbücherzelle bringen wollen. Und nicht nur dieses, auch viele weitere Bücher warteten darauf. Josh lief jeden Tag an einer Lesezelle vorbei. Wenn er nur mal an was denken würde. Er kaute gerade auf einem Pilz, als es im Bad schepperte.

Och nö, wieder vergessen, das Fenster zuzumachen, bevor der Nachwuchs der Nachbarn aus der Schule kam. Wahrscheinlich hatten die Kinder – wie so oft – großen Spaß daran, ihm etwas Ekliges, Nerviges oder Stinkendes ins Bad zu werfen. Scheiß Erdgeschosswohnung!

Josh stand gequält auf, seine Jogginghose spannte und drückte in den Bauch. Egal jetzt. Wo hatte er seinen Besen? Er fand den Besenstiel hinter einem Stapel Motorradzeitungen. Auch gut. Mit dem länglichen Ding in Hab-Acht-Stellung pirschte er die drei Schritte in

Richtung Bad. Ein erneutes Poltern ließ ihn zusammenzucken. Dieses Mal also etwas Lebendes.

Mit allem Mut, den er nicht hatte, stieß er die Tür auf und schrie einen Kampfruf, gleichzeitig stürzte er hinein. Das türkis-lila Ding in seiner Toilette machte große Augen. »Babo?«, fragte es.

»Was?« Irritiert schüttelte Josh seinen Lockenkopf. »Okay, waren in dieser Pizza bewusstseinserweiternde Substanzen?«

»Babo?«

Langsam nahm Josh den Besenstiel runter. Seine Anspannung wich allerdings nicht. »Wer oder was bist du?« Die Kinder konnten unmöglich etwas Mechanisches kreiert haben, das derart echt wirkte. Außerdem registrierte er, dass draußen nicht, wie sonst üblich, Gekicher ertönte.

Das Wesen zeigte auf Josh. »Babo!«

Josh zeigte auf sich. »Josh.«

Energisch schüttelte der Kleine den Kopf und stieg aus der Toilette. Er war ungefähr so groß wie ein Labrador, wenn dieser aufrecht gehen würde. Also, falls es ein er war. »Babo!«, wiederholte das Wesen.

»Okay, warte, nicht mit den Toilettenfüßen in die Wohnung, hier, nimm ein Handtuch.« Er reichte dem Kleinen das erstbeste Badetuch in Greifnähe. Sein Gast roch daran, öffnete seinen schmalen Mund und biss mit zwei vorstehenden Zähnen, zwischen denen eine erhebliche Lücke war, hinein. »Nein, das ist nicht zum Essen, das ist zum Abtrocknen, warte! Darf ich?« Er näherte sich vorsichtig, tupfte die Füße und Beine des Kleinen ab. Sie waren haarlos, an der Stelle des Knies – zumindest wenn man menschliche Anatomie als Maßstab nahm – dunkellila und wirkten erstaunlich real.

»Oh!«, rief es und trampelte auf dem Handtuch herum.

»Dann bin ich für dich eben Babo, aber wenn ich Babo bin, wer bist dann du?« Dabei zeigte Josh auf den Bauch des Wesens.

Sein merkwürdiger Gast wiederholte die Geste mit Joshs Bauch. »Chibo!«

Josh lächelte. »Schön, dich kennenzulernen.« Immerhin – er wusste, dass Chibo morgen weg sein würde. Was auch immer in dieser Pizza gewesen war, war verdammt stark.

»Lust auf Chips?« Langsam entspannte sich Josh.

*

»Man kann euch Assistenten aber auch keine Minute allein lassen!« Seit der Assistent im Labor eingetroffen war, lief Cheffe im Labor hin und her und wiederholte diesen Satz wie ein persönliches Mantra.

»Ja, Chef.« War alles, was der Assistent dazu murmeln konnte. Er zuckte zusammen, als er angesprochen wurde.

»Sie sagten, da war ein Eichhörnchen?« Aha, wieder per Sie. Das Verhältnis zu seinem Boss war definitiv schon mal besser gewesen.

»Ja, Chef.«

»Aber seit wann öffnen sich Hightech-Käfige mit spezieller Luftzirkulation und verschiedenen Wärmezonen von allein? Oder Fenster? Und wieso war der

Alarm aus?« Der Forscher stieg auf den Labortisch und inspizierte das Fenster. »Hier sind Eichhörnchenhaare.«

Der Assistent schluckte. Und biss die Zähne zusammen. Wackelte da etwa ein Backenzahn? Er hatte vor der nächsten Frage Angst, die unweigerlich kommen würde. Bitte nicht.

Der Forscher drehte sich zu ihm um. »Was haben Sie eigentlich am Vortag gemacht?«

Ein Schlucken später antwortete der Assistent: »Geburtstagsparty. Aber ich schwöre, hier war keiner drin. Die interessieren sich eh nicht für den Forschungskram, ich meine, hohe Wissenschaften, die wollten nur ... feiern.«

Cheffe kam ihm ungemütlich nahe. »Ach und Sie wollten nicht zufällig irgendjemandem imponieren und haben mit Chibo, dem geheimnisvollen Außerirdischen, angegeben?«

Die Hände des Assistenten rutschten schweißnass vom Labortisch, an dem er lehnte. »Ich würde so etwas nie tun!« Fakt war, er wusste es nicht. Er wusste ums Verrecken nicht, was in der Nacht passiert war ...

»Hätte ich Ihnen auch nicht geraten, Sie haben eine Geheimhaltungsklausel unterschrieben. Das könnte teuer werden!« Den letzten Satz hatte er gebrüllt. Dann starrte Cheffe vor sich hin.

»Nachdenken. Lange wird er es draußen nicht machen. Seine Haut wird grün werden, er wird schwächer und dann ... *Merde!* Wir haben nur den einen!« Er lief wieder auf und ab. »Wo würden Sie als Alien zuerst hingehen, wenn Sie nichts von der Welt draußen wüssten, sich nicht orientieren könnten und völlig allein wären?«

Der Assistent antwortete, was er in außerfachlichen Diskussionen immer sagte, wenn ihm nichts Besseres einfiel. »Karstadt.«

*

Am nächsten Tag, als Josh die Augen öffnete, saß Chibo neben ihm im Bett und schaute auf eine Zeitung.

»Oh Gott, nicht die Motorradmiezen! Da ist eine außerirdische Lebensform auf der Erde und das erste, was er von dieser Welt sieht, sind nackte Frauen auf heißen Reifen.« Er nahm ihm das Blatt aus der Hand und verstaute es unter dem Bett. »Moment mal.« Er richtete sich wieder auf. »Wieso bist du noch da?«

Chibo verzog den Mund zu einem Grinsen. Seine Haut war an vielen Stellen helllila geworden, nicht mehr so dunkellila wie gestern. »Hör mal, ich muss bald auf Arbeit, kann man dich allein lassen? Willst du was essen? Was isst du so?«

Josh durchsuchte den Wust seiner Klamotten ums Bett herum. Er zog etwas heraus, das er erst vor zwei Wochen getragen hatte. Solange es da lag, dürfte es eigentlich nicht mehr müffeln. Er zog es an und roch unter den Achseln. Na ja, ging grad noch.

Chibo tat es ihm nach, hob erst einen Arm, dann den anderen und guckte unter ihnen durch. Seine Hände hatten nur vier fingerähnliche Glieder, dafür spitze Krallen. Vielleicht dachte er, das war eine menschliche Morgengeste? Oh Crap. Wie sollte Josh ihn je losbekommen? Er hatte zumindest bis auf Weiteres beschlossen, dass dieses Wesen ein er ist. Josh könnte ihn nicht einfach im Tierheim abgeben. Wobei die Gesichter der Angestellten interessant wären. Er grinste, ging die drei Schritte in die Küchenecke und holte eine Packung Milch aus dem Kühlschrank.

Chibo folgte und schaute erwartungsvoll.

Wie könnte Josh nur herausfinden, was er gerne aß? Moment mal. Wieso wollte er das herausfinden? Er hatte nicht umsonst keinen Nachwuchs. Im Normalfall war ihm das alles zu anstrengend. Andererseits war der Kleine, ob nun eingebildet oder echt, einmal da. Ohne das Zutun der Nachbarkinder. Also hatte Chibo Joshs Fenster selbst gewählt, obwohl er irgendein anderes hätte nehmen können. Vielleicht hatte das eine höhere Bedeutung?

Er nahm eine Tasse, schüttete Milch hinein und führte sie zum Mund. Chibo nickte.

Gut, er goss ihm auch eine ein.

Erst roch der Kleine daran, nahm einen Schluck, verzog das Gesicht, roch wieder, nahm noch einen und irgendwann war die Tasse leer. Ganz der Verkoster, Josh hatte das mal im Fernsehen bei einer Weinverkostung gesehen.

So würde Josh sich jetzt mit allen Lebensmitteln herantasten müssen. Während er noch überlegte, kippte Chibo um. Josh erschrak. Er hob ihn hoch, prüfte seinen Puls. Der Brustkorb hob und senkte sich. Chibo schnarchte leise. Puh.

Ob er den Arbeitstag durchschlafen würde? Er bettete seinen neuen Freund aufs Sofa, nachdem er ein paar Chipstüten, einen Locher und ein paar lose Kabel auf den Boden geworfen hatte. Viel mehr Unordnung konnte Chibo hier eh nicht anrichten. Wird schon alles gut gehen.

*

Im Karstadt war die Hölle los. »Wie sollen wir ihn hier finden, Boss?« Der Assistent hasste es, einzukaufen, mindestens genauso, wie ausgebüchste Aliens zu suchen, die ihm seine Stelle kosten könnten. Wieso musste ihm das passieren?

»Stell dich nicht so an, einer geht in die Essensabteilung, einer in die Spielwaren. Abmarsch!«

Nun also wieder per Du, Cheffe war ein Hauch zu ambivalent. Am Kühlregal trafen sie sich wieder. »Ich sagte doch, einer zu den Spielwaren!«

Der Assistent zog die Schultern hoch. »Ja, Chef, aber Sie sagten nicht, wer —«

»Herrgott noch einmal, euch Assistenten muss man aber auch alles sagen, ach, am besten ausdrucken!«

Beide stoben in unterschiedliche Richtungen davon.

Und trafen sich in der Spielzeugabteilung.

»Sagen Sie mal, sind Sie so ein urlustiger Typ oder wollen Sie mich verarschen?«, schnaubte der Forscher.

»Nee, aber Sie sagten doch …« Der Backenzahn des Assistenten wackelte heftiger.

Cheffe wollte schon wieder abhauen. »Warten Sie, ich bleibe hier, Sie gehen in die Nahrungsabteilung.«

»Wenn man mal miteinander redet, geht das auch!« Wütend stapfte er davon.

Der Assistent schüttelte den Kopf. Sicherheitshalber drückte er mit der Zunge auf den Backenzahn.

Er brauchte dringend Urlaub.

Als er jede Reihe dreimal durchhatte und auf dem Rückweg auch noch mal die Klamottenabteilung absuchte, ging er frustriert wieder zum Eingang. Das war wohl nicht die beste Idee gewesen. Cheffe erwartete ihn schon. Als der Assistent näherkam, schüttelte der Forscher energisch den Kopf.

»Chef, wir könnten bei allen Leuten im Umkreis von drei bis fünf Kilometern an jeder Haustür klingeln. Viel Laufen ist er ja durch den Käfig nicht gewohnt.«

»Soll das ein Witz sein? Ehe wir ihn finden, ist er hin!« Nervös tupfte sich der Forscher wieder und wieder die Schweißperlen auf der Stirn ab.

»Wir könnten auch die Polizei einschalten.« Wie jeder normale Mensch, dachte der Assistent.

»Die Polizei?«

Jeder, der sehr gute Ohren hatte und sich in der Nähe des Aus- und Eingangs befand, drehte sich zu den beiden um. Etwas leiser fügte Cheffe hinzu: »Das geht nicht, die nehmen mir Chibo weg, experimentieren auf die üble Tour an ihm herum und sperren mich ein, weil ich die außerirdische Lebensform niemandem gemeldet habe.«

*

Nachdem die Suche nach Chibo erfolglos verlief, war Cheffe am Abend zuvor halb durchgedreht. Er war nicht müde geworden, dem Assistenten alle Fehler vorzuhalten, die »der Dummkopf in vier Jahren Laborassistenz« verzapft hatte, um ihn dann fristlos zu entlassen. Der

Assistent hatte nur eine Chance, er musste etwas über Chibos Verbleib herausfinden. Aber wie?

Was hatte der Boss gestern gesagt? »Nachdenken«. Das tat er schon den ganzen Morgen.

Da war seine Geburtstagsparty gewesen – und der merkwürdige Traum vom Backenzahnverlust. Stand der Zahn für Chibo? Oder für seinen Job? Mhhhhh. Und Asche war involviert.

Irgendetwas muss da gewesen sein … Er nahm sein Handy, las die verschickten Einladungen und einige der Antworten:

»Hey Mann, dass du noch mit mir sprichst, jetzt, wo du schon jahrelang an der Uni bist. Klar komm ich.«

»Gerne, soll ich einen Kartoffelsalat mitbringen?«

»Mal seh'n, ob wir einen Babysitter finden.«

»Wer bist du?«

»Du, die Brini kennt da den Schlogi und der würde was mitbringen, hast du deine Wasserpfeife noch am Start?«

Asche.

Der Assistent drückte auf Antworten. »Was zum Geier ist vorgestern passiert?«

Nachdem er zehn weitere Personen mit Fragen gelöchert und entsprechend gewartet hatte, piepste endlich sein Telefon. »Wie, das weißt du nicht mehr? Mitten in der Nacht gab es diesen krass-langen Stromausfall im gesamten Unigelände und in den Wohnungen drumrum. Plötzlich war alles dunkel und einer deiner Gäste ist durchgedreht, weil er mal im Dunkeln angegriffen wurde …«

»Ach du Sch…«

Es traf den Assistenten wie ein Stromschlag: Stromausfall! Dieser hatte Chibos Käfig entriegelt. Und den Alarm außer Kraft gesetzt! Sein einziger Fehler war gewesen, das Fenster auf kipp zu lassen. Er war also wirklich nicht in dieser Nacht in der Uni gewesen. Daraufhin fiel ihm ein tonnenschwerer Stein vom Herzen. Aber sofort dachte der Assistent an Cheffe. Er sollte ihn darüber in Kenntnis setzen, denn er konnte vom Ausfall nichts wissen, weil er auf dieser Exkursion gewesen war. Schnell wählte er das Konterfei des Forschers aus seiner Kontaktliste, drückte aber nicht auf den Anrufhörer. Auch wenn er sich gut vorstellen konnte, dass er der Letzte war, den der Boss sehen wollte, musste er es persönlich versuchen. Schon der Gedanke daran ließ seine Kniekehlen schweißnass werden.

*

Josh schloss nach der Arbeit seine Wohnungstür auf, gerüstet für alles. Doch das, was er da sah, übertraf bei Weitem seine wie auch immer gearteten Erwartungen.

Die Kühlschranktür stand weit offen, alle Lebensmittelverpackungen waren geöffnet, Honig tropfte aus dem Küchenschrank, Nutella klebte an seiner Gamingkonsole und auf dem Sofa saß: eine spärlich bekleidete Frau mit Nutellaschnute. Irgendwie kam sie Josh bekannt vor. Diese zweifarbigen Haarsträhnchen in Blond und Braun bis knapp über die Schulter, schmaler Mund.

Josh holte tief Luft. Ihm wurde nicht besser, als die Frau lächelte und »Babo« sagte. Wie als Begrüßungsritual machte sie die Geste, als würde sie unter ihren

Achseln riechen. Josh war sich sicher, langsam durchzudrehen, obwohl eine Arbeitskollegin heute bestätigt hatte, es sei alles normal. Er wäre in seinem üblichen desolaten Zustand.

Wieso kannte er diese Gesichtszüge ... Moment mal! Die Motorradzeitung! Nein, oder? Josh rannte ins Schlafzimmer und zog die Zeitung, die Chibo heute früh in der Hand gehabt hatte, hervor. Genau, Seite 5, Maria Gonzales auf einer Kawasaki. Er ging zurück, verglich das Bild mit dem Wesen auf dem Sofa und sah, dass die Mimikry des Aliens perfekt war. Bis auf den grünen Hautschimmer, der sie zombiemäßig wirken ließ. Was zum Henker? Nachdem sich Josh von seinem Schock erholt hatte, holte er einen Eimer und einen Lappen. Zum ersten Mal seit Wochen begann er sauberzumachen. Chibo schaute interessiert zu, was er da trieb.

Josh musste nachdenken. Was machte er mit diesem Wesen? Eigentlich wollte er es schnell wieder loswerden, aber vielleicht konnte er ihm Sprechen beibringen und dann hätte er einen echten Freund. Vielleicht. Aber war das nicht egoistisch? Irgendwo musste er ja hingehören. Auf einmal stand die falsche Maria Gonzales vom Sofa auf und versuchte wieder, seine Gesten nachzuahmen. Josh holte noch einen Lappen. Beim Putzen veränderte sich das Aussehen seines Gastes nach und nach wieder zum Wesen vom Vortag, seine Haut war allerdings mittlerweile graugrün.

Gemeinsam waren sie ruckzuck fertig. Chibo stapelte Bücher neu und schaute Josh lange an.

»Was ist? Habe ich eine Nudel im Bart?« Josh prüfte seine Aussage im Spiegel, sein Bart wucherte wie immer.

»Chibo weiß, dass Babo einsam. Aber Chibo nicht bleiben kann. Chibo krank.«

»Du kannst ja doch sprechen!«, rief Josh erfreut und setzte sich auf den Boden.

»Chibo lange in Labor.«

Das hätte sich Josh eigentlich denken können. »In einem der Unigebäude, Gelände nebenan? Bei wem? Hat man dir was angetan?«

»Plötzlich alles dunkel, dann Türe auf … Chibo frei sein. Nein, Babos okay, aber Heimat vermisst.«

»Das verstehe ich.« Josh wurde traurig. Chibo hatte ja erwähnt, er sei krank, möglicherweise konnte ihn sein Laborpfleger retten. Vielleicht würden sie Josh aber auch umbringen, weil er Chibo nun kannte oder weil sie dachten, er hätte ihn entwendet oder … Joshs Gedanken wurden absurder. Er seufzte und es tat ihm weh, das zu sagen, aber: »Du musst zurück, hier wird es dir vielleicht«, er pausierte und überlegte, »nicht so gut gehen. Der Laborbabo kann dir vielleicht helfen, ich weiß nicht mal, welche Nahrung du essen darfst.«

Chibo blickte zu Boden. »Weißes Zeug macht müde.«

Josh erinnerte sich an den Morgen und nickte. »Wenn der Laborbabo dich so lange bei sich hatte, ist er sicher auch traurig, dass du weg bist.« In Gedanken stellte sich Josh vor, wie ein paar Wissenschaftler im Dreieck hüpften, weil ein Alien weg ist, und die Bevölkerung von nichts wusste.

»Darf sich verabschieden.«

»Soll ich ihn anrufen? Hierfür brauche ich aber eine Nummer.«

Daraufhin hielt Chibo seinen Arm hoch. Ein schmales Armband materialisierte sich nach und nach um sein Handgelenk. Es erinnerte Josh an die Ringe an Vogelbeinen, die ihnen der Züchter anlegte.

*

Als der Assistent am Zimmer des Forschers klopfen wollte, hätte er beinahe die Tür ins Gesicht bekommen. »Gehen Sie mir bloß aus dem Weg, ich weiß jetzt, wo Chibo ist. Irgend so ein IT-Trottel hält ihn versteckt.«

»Und ich weiß, wie er da hinkam!«, rief ihm der nunmehr Ex-Assistent hinterher.

Cheffe blieb stehen und drehte sich um. »Ach ja?«

»Ja, ich habe nachgedacht. Darf ich Sie begleiten? Erzähle Ihnen alles auf dem Weg.«

»Wenn es sein muss …«

Wenig später standen Cheffe, der nach den neuesten Informationen etwas netter zu seinem früheren Assistenten war, und eben dieser vor dem Wohnbunker des »IT-Trottels«. Energisch drückte der Forscher auf die Klingel.

»Komme ja schon.«

Ein Mann mit langem Bart und gelocktem Haar öffnete die Tür.

Beide traten ein.

»Chibo!«, rief Cheffe.

»Oh nein, er ist schon überall grün!«, rief der Assistent.

Chibo machte die Achsel-Geste zur Begrüßung. Doch er war schon so schlapp, dass er dabei vom Sofa kippte. Der Assistent hob ihn hoch. »Chibo, es tut mir sehr leid, aber ich fürchte …«

»Labern Sie nicht, Mann, bringen Sie ihn in seinen perfekt auf seine Bedürfnisse abgestimmten Käfig! Flott! Und päppeln Sie ihn mit etwas aus der *Zauberspritze* auf. Da sind noch Immunzellen aus seiner Heimat drin.«

»Babo …«

Josh trat zum Assistenten. Chibo schaute ihn mit großen Augen an. »Wenn meine Verwandten kommen, hier alles sauber sein. Sie adaptieren schnell, ich konnte nicht, weil zu lange Labor.«

»Klar doch, ich komm dich bald besuchen.« Josh zog seine Nase hoch.

An Besuche glaube ich weniger, dachte der Assistent und deckte Chibo mit einem herumliegenden Shirt ab, damit er draußen nicht auffiel.

Dann sah er zu, dass er mit ihm wegkam.

*

Der Forscher drehte sich an der Tür noch mal zu Josh um. »Was meint er mit seinen Verwandten? Familie? Er ist doch der Einzige hier auf der Erde gewesen.«

»Das weiß ich auch nicht so genau. Vielleicht hat er Fieber, immerhin wünschte er sich nichts mehr als nach Hause zu kommen. Verständlicherweise. Stellen Sie sich mal vor, Sie wären auf einem fremden Planeten gefangen.«

Der Wissenschaftler erschrak sichtbar. »Ich? Meinen Sie, die holen mich?«

Josh seufzte innerlich. »Nein, hypothetisch. Es geht

nicht immer nur um Sie. Ihr Forscher habt echt keine Empathie.«

Nun sah der Wissenschaftler zerknautscht drein. »Die wäre sicherlich auch hinderlich, beim Forschen. Aber ja, vielleicht sollten wir ihn gehen lassen. Ich meine, wenn das rauskommt, bin ich sowieso fällig.«

»Wo haben Sie Chibo eigentlich getroffen?«

»Ich habe ihn zwischen den Schenkeln eines Sumpf-steigers gefunden, als er noch ganz klein war. Daher meine Hoffnung, bei den nachfolgenden Exkursionen einen Weiteren zu finden. Bisher war das leider nicht der Fall.«

»Die Sumpfsteiger gibt es wirklich?«

Der Forscher nickte. Dann verharrte er in der Bewe-gung. Er kaute auf der Lippe. Dann sagte er: »Wissen Sie, ich glaube, er hätte durchaus gewusst, wie er zurück ins Labor kommt. Er hat die Freiheit hier gewählt, ob-wohl sie seinen sicheren Tod bedeuten könnte. Und das, obwohl es ihm bei uns nicht mal schlecht ging. Das ist interessant.« Den Kopf nachdenklich gesenkt lief der Wissenschaftler davon.

Josh schloss seine Wohnungstür. Was war mit seinen längst vergessenen Träumen? Er schaute sich um. So-gleich sammelte er alle Bücher, die er definitiv nicht mehr las, ein und schaffte sie endlich zur Lesezelle. Als er zurück war, stopfte er herumliegende Kleidungsstü-cke in die Waschmaschine. All das machte ihm Hunger. Er hatte schon das Werbeblättchen des Lieferservice in der Hand. Nein, keine Lieferpizza mehr, er würde ab heute selbst Teig kneten. Okay, aber erst mal ausruhen. Er schaute zufrieden den gereinigten Couchtisch an, auf dem nur noch die Fernbedienung der Spielkonsole lag, dann neben das Sofa.

Ein Wäschestück hatte Josh anscheinend vergessen. Wie ärgerlich! Er kniete sich auf den Boden, wollte es aufheben, stutzte aber, weil etwas darin eingehüllt zu sein schien. Planlos wickelte er die Ärmel des Sweaters auf. Josh konnte nicht glauben, was er da in den Händen hielt – ein türkis-lila Ei.

Wenn meine Verwandten kommen, hier alles sauber sein. Adaptieren schnell.

Danke, dachte Josh, wickelte das Ei behutsam wieder ein und schob es unter sein T-Shirt, damit es warm blieb.

YVONNE TUNNAT

Kinderzeit

Die Spucke landet vor uns, nur Zentimeter entfernt von den nackten Sandalenzehen meiner Frau. Sie starrt noch auf ihre Füße, ich hingegen schaue mich schon um. Wo ist der Kerl?

Da steht er, etwa acht Jahre alt. Von oben bis unten in Jeans gekleidet, Hose, Jacke – ist es dafür nicht zu warm? Er sieht nicht aus, als hätte er uns kommen sehen. Ich kenne diesen Blick. Wir sind für ihn aus dem Nichts gekommen.

»Heda!«, rufe ich. Er dreht sich um und rennt weg. Verschwindet im noch recht kargen Getümmel der Kirmes.

»So ein Flegel!«, sagt meine Frau Julia und steigt über die gelbe dicke Spucke auf dem Pflaster. Die wird nicht so rasch wegtrocknen.

»Wie schnell wird aus niedlichen Babys so etwas da.« Sie nickt in die Richtung, in die der Junge verschwunden ist. Mit einem Tonfall, als ob sie das schon oft gesagt hätte und ich ihr einfach nicht glauben würde. Nun hat sie den Beweis erbracht. Nachwuchs bedeutet laut Julia die kurze Freude in den Babyjahren. Danach folgen Spucke, Dreck, Drogenmissbrauch und Teenagerschwangerschaften.

Zum Glück steigert sie sich nicht in ihre Rede hinein, nur Minuten später scheint sie den Vorfall vergessen zu haben. Sie zeigt auf die Fahrattraktionen und Süßigkeiten wie ein Kind, dem zum ersten Mal Zuckerwatte in der Nase kitzelt.

»Da!« Sie packt meinen Arm und zeigt auf einen riesigen Metallkraken. Der schleudert seine Insassen in den Sitzen bis hoch über die Kastanienbäume und wirbelt sie so herum, dass Köpfe nach unten schauen und die Gedärme mit den Mägen die Plätze tauschen. »Da müssen wir rein.« *Showtime* steht in Lila und Orange leuchtenden Buchstaben über dem Eingang, vor dem einige Leute warten.

Sie hat *wir* gesagt.

Ich bin ihr zuliebe hier, da kann ich mich durchaus mal von modernster Technik von null auf zwanzig Meter in fünf Sekunden hochschleudern lassen. Selbst als Teenager habe ich diese Dinger nicht gemocht und mein Geld immer nur in den Autoscooter investiert. Schön am Boden bleiben.

Die Schleuder-Leute kreischen. Ihr Durchschnittsalter liegt bei zwölf. Als die geboren wurden, war ich schon gar nicht mehr hier. Jetzt bin ich wieder da. Emsland. Sogar die Luft riecht wie früher.

Ich kaufe die Tickets. Wir setzen uns, werden angeschnallt und ich frage mich, was ich hier eigentlich will.

Der Metallkrakenmitarbeiter prüft meine Sicherung dreimal.

»Muss ich mir jetzt Sorgen machen?«, frage ich ihn.

Er lacht. Mal sehen, ob er immer noch so gute Laune hat, wenn ich da oben rausfliege und auf die Kastanienbäume knalle. Ich widerstehe der Versuchung, »Lasst mich hier raus« zu brüllen.

Der Metallkraken dreht sich harmlos, dann schlägt er oben zu beiden Seiten aus wie eine übergroße Wippe. Ich werde in meinen Sitz gedrückt, mal zur einen, mal zur anderen Seite und mein Rücken scheuert dabei an dem Plastik. Ich halte mich fest. Das wird nicht reichen, wenn der Gurt aufgeht, ob er nun dreimal geprüft wurde oder nicht. Er hält mich. Er hält mich nicht. Er hält mich. Er hält mich nicht.

Um mich herum lachen und schreien sie. Jedes Gesicht sieht jung aus und glücklich. Julias auch. Nur ich bin alt und halte mich fest.

Im Fahrtwind schließe ich die Augen. Wenn ich sie öffne, sehe ich den gesamten Marktplatz, alle Buden und Fahrgeschäfte, die heute darauf aufgebaut sind. Das hier ist immerhin nicht Werlte, aber so knapp daneben, dass es lächerlich ist, auf dem Unterschied zu beharren. Später strömen dann die Über-Zwölfjährigen her. Die werden mich sehen. Mich erkennen. Dann wird mein persönliches Kirmesspektakel starten.

»Wollt ihr ne Extra-Runde?«, brüllt der Karussell-DJ. Ist sicher langweilig, den ganzen Tag die gleichen Fragen zu stellen.

»Nein«, antworte ich deutlich und werde locker von einem Dutzend Ja-Sagern übertönt. Julia jubelt am lautesten. Sie wirft die Arme nach oben. Meine todesmutige Frau.

Wenn ich jetzt hinausfalle, bleibt mir wenigstens der Rest der Kirmes erspart. Die Blicke, sobald sie mich erkennen. Die ungesagten Worte. Ich war verrückt, herzukommen. Endlich schwingen die Kraken-arme langsamer, doch sie starten erneut. Oh nein. Nicht noch einmal. Mit mir wird es gleich aus sein und ich kann nichts dagegen machen. Ich halte mich zwar noch fest, aber nur aus Gewohnheit. Wenn ich nun falle, dann falle ich eben. Ich bin hier hilflos meinem Gurt ausgeliefert. Er hält mich. Er hält mich nicht. Er hält mich.

»Das war toll!«, sagt Julia, kaum dass wir wieder auf sicherem Boden stehen. Meine Oberschenkel scheinen nicht mehr so gut auf meine Knie zu passen wie vor dem Ritt auf dem Kraken. Julia hingegen läuft normal. Sie nimmt meine Hand und zieht mich weiter, immer voran.

»Autoscooter?«, fragt sie mich.

Ich folge ihrem Blick zu dem Fahrgeschäft. Die haben sich kein Stück verändert in den letzten zwölf Jahren. Vermutlich ist das sogar derselbe, in dem ich damals gefahren bin.

»Uff«, mache ich, weil mir auf die Schnelle keine Antwort einfällt, die nicht zu negativ klingt. Julia schaut mich erwartungsvoll an.

»Willst du damit fahren?«, frage ich. Wenn sie bejaht, mache ich es. Ihr zuliebe. Doch ich hoffe, ich darf aussetzen. Ich habe längst schwere Neunzigerjahre-Nostalgie. In meinem Kopfkino spulen sich Clips aus der Vergangenheit ab: Ich, wie ich auf der Absperrung sitze und zuschaue, wie die anderen fahren, wer wen anrempelt, während die Hits von H-Blockxx oder Guns n' Roses aus den Lautsprechern dröhnen.

Julia scheint einiges davon an meinem Gesicht abzulesen. Sonderlich viel konnte ich nie vor ihr geheimhalten.

»Erst mal nicht«, antwortet sie. »Lass uns gebrannte Mandeln kaufen und Zuckerwatte. Zeig mir das ganze Dorf, Sögels Sehenswürdigkeiten.«

Sie grinst, als hätte sie einen Witz gemacht.

»Vor allem will ich deine ehemalige Schule sehen. Ein paar alte Geschichten hören«, fährt sie fort.

Aufgewachsen bin ich in Werlte, elf Kilometer entfernt. Mein Gymnasium ist hier in Sögel.

Ich stimme all ihren Wünschen zu. Eine gute Gelegenheit, ein bisschen rauszukommen, und ich bin selber neugierig, wie meine ehemalige Schule nun aussieht.

Gegen acht gehen wir zurück zum Platz. Eine Band spielt. Es ist noch nicht der Hauptact. Das Durchschnittsalter des Publikums ist dramatisch angestiegen, seit wir von unserem Spaziergang zurückgekehrt sind.

Julia stößt mich an. Ich folge ihrem Blick und entdecke zwei Frauen in unserem Alter, die schnell wegschauen. Beide haben Kinngrübchen und blonde, abstehende Haare. Julia nimmt meine Hand.

»Die gucken die ganze Zeit immer wieder zu dir«, murmelt sie. »Und tuscheln dann.«

»Da müssen wir wohl durch«, sage ich. »Vielleicht kennen sie mich. Oder verwechseln mich.«

»Meinst du, deine Brüder kommen?«, will sie wissen.

»Nicht nach Sögel. Nie nach Sögel«, sage ich. So genau kann ich das gar nicht wissen. Innerhalb von dreizehn Jahren können sich Gewohnheiten ändern. Einer könnte sogar eine Sögelerin geheiratet haben, hergezogen sein und mir gleich mitsamt Kleinfamilie entgegenkommen.

Mich vor seiner Familie zusammenscheißen oder wortlos verprügeln. Ich lasse Julia kurz alleine, um meine Blase zu leeren. Als ich von den Toiletten zurückkomme, ist Julia von einer Clique männlicher Emsländer umzingelt, alle etwa Mitte 20. Ich gehe nicht hin, beobachte sie erst. Natürlich haben sie meine Frau schon mit einem Getränk versorgt. Nun unterhalten und umgarnen die drei Männer sie.

Julia trinkt, lacht, freut sich offenbar darüber, wie leicht sie Anschluss bei den Einheimischen findet. Dabei ist das keine Seltenheit. Egal wo sie ist. Ich bin derjenige, der immer stumm danebensteht und ewig brütet, was er sagen soll. Jetzt habe ich sie ein paar Minuten auf dem Platz alleine gelassen, und sie kennt schon alle ihre Namen auswendig und hat ein paar Anekdoten und Witze mit ihnen ausgetauscht. Wahrscheinlich flirtet sie sogar ein bisschen. Dabei kann ich sogar von hier aus ihren Ehering an ihrem Finger sehen. Und auch die Männer tragen alle einen.

Sie sieht mich und winkt. Die drei weichen merklich zurück, als ich mich neben sie stelle.

»Das ist mein Mann«, sagt sie. Es klingt, als ob sie ihre neuen Bekannten schon ewig kennt und mich ein halbes dutzendmal erwähnt hat.

Julia hält diese Typen für nett, sie hat sie keinen Augenblick verdächtigt, etwas Anderes zu wollen, als zu feiern und zu trinken.

Sie stellt sie mit Namen vor. Frank, ein kleiner Dicker mustert mich. »Sach ma, kenn ich dich nich? Du bist doch Werlter, oder?«

Vorhang auf. Julia zieht hörbar Luft ein. Alle schauen auf mich. Die Klappe fällt. Kenny Schumann back for good. Ich will Popcorn.

»Ja«, sage ich und mustere ihn genauer. Er kennt mich natürlich nicht, dazu ist er viel zu jung. Er verwechselt mich. Seit dreizehn Jahren ist das nicht mehr passiert. Ich bin unerkannt in Kneipen gegangen. Ich habe keinen Ruf mehr gehabt, überhaupt keinen, Kenny-der-hat-hier-keinen-Ruf-Schumann.

»Bist du einer von den Schumanns?«, fragt Frank. Er hat einen Blick drauf, als würde er mich verhören. Nur hat er sich noch nicht entschieden, ob er der nette oder der böse Bulle ist.

»Ja.« Ich kratze mich am rechten Arm. Es ist lange her, dass ich das gefragt wurde. Meine alte Strategie habe ich nicht vergessen. Wahrheitsgemäß so viel wie nötig, so wenig wie möglich antworten.

»Warst du bei der Fehde 98 auch am Start? Die Sache mit den Zirkusbrüdern?«, fragt er weiter.

»Nein. Ich bin 96 nach Hamburg gegangen.«

Sein Blick ändert sich nicht.

»Ich war seitdem nicht mehr hier. Bis heute.«

»Ach.« Frank windet sich, lässt die Augen nicht von mir. Julia wartet, aber es kommt nichts mehr.

Er scheint mein Alibi zu akzeptieren.

»Wen kennst du denn von seinen Brüdern?«, fragt Julia. Für sie ist das spannend. Am liebsten würde sie alle treffen. Auf der Stelle.

Für Julia gibt es Menschen nur inklusive Familie und Vergangenheit. Ich wollte ihr beides vorenthalten. Sögeler Kirmes ist mein Zugeständnis. Ein komischer Kompromiss. Kann einem leicht die Ehe versauen, so was.

»Ach.« Frank windet sich, lässt den Blick nicht von mir. Julia wartet, aber es kommt nichts mehr.

Die Typen verdrücken sich Richtung Bierstand. Der Name Schumann hat nichts von seinem Effekt eingebüßt – eher im Gegenteil.

Inzwischen scheine ich überall nur noch bekannte Gesichter zu sehen. Ein Quäntchen zu lange bleiben Augen zuerst an mir, dann an Julia kleben.

»Die gucken alle«, stellt meine Frau fest. Ich bilde mir das also nicht ein.

»Vor allem auf meinen Bauch«, sage ich.

»Ach, der geht doch«, antwortet sie und ihre Grübchen werden sichtbar.

»Na, aber die von denen nicht.«

Sie musterte mich: »Kenning!«

Au Backe. Offizieller Vorname. Das war früher zu Hause nie ein gutes Zeichen und bei Julia ist es das auch nicht.

»Das ist Unfug. Die sehen total normal aus. Kaum anders als in unserem Kiez. Das Emsland ist kein Hort von Alkoholikern, wie du es immer darstellst.«

Hat sie recht? Ich betrachte die Emsländer um uns genauer. Ja, nur wenige haben Bäuche, kaum jemand hat auffällige Tränensäcke.

»Es ist durchaus nett hier«, erklärt Julia mit einem Ton, der keinen Widerspruch zulässt. »Vielleicht ein bisschen bieder mit all den Blumen auf den Straßeninseln, und die Bürgersteige wirken, als würde man sie zweimal täglich absaugen. Gute Luft, viel Platz, niedliche alte Häuser. Die meisten sehen sympathisch aus. Und feiern können sie auch.«

Dann guckt mich einer besonders lange an. Als hielte er mich für ein Gespenst. Ich erkenne ihn fünf Sekunden zu spät und habe mich von dem Schock noch nicht erholt, da steht er schon vor mir, haut mir auf die Schulter und krächzt: »Hey Kenny«. Die Jahre haben Wolfgangs Gesicht zugesetzt. Früher nannten wir ihn die Leiche. Nur weil er so blass war, als würde er ganzjährig im fensterlosen Keller wohnen. Er hatte damals noch nichts Teigiges, Aufgeschwemmtes. Seine Augen schauten wach und forsch, er selber war schlaksig und gut gekleidet. Was mich da heute anstiert, ertrage ich nur schwer.

»Hallo Wolfgang. Das ist Julia, meine Frau.«

Er mustert sie lang und ungeniert. »Ist ja schon wieder so ne junge, was?« Er spricht, als hätten wir letzte Woche erst zusammen ein Tablett Cola-Korn im Conny vertilgt.

Julia runzelt die Stirn und wirft mir einen kurzen Blick zu. »Ich bin 35«, sagt sie. »Ich bin nicht *so ne junge* und erst recht nicht *schon wieder.* Wir sind seit acht Jahren verheiratet.«

Wolfgang starrt sie an, dann zu Boden und murmelt etwas, das eine Entschuldigung oder auch ein Fluch sein könnte.

»Du, deinen Brüdern gehste besser aus'm Weg«, meint er. »Für die bist du'n Verräter. Schlimme Sache.«

»Ich weiß.« Wegzug in ein anderes Bundesland. Wie konnte ich nur?

»Hast du mal was von Josefine Müller gehört?«, frage ich ihn.

»Das willste lieber nicht wissen.«

Ich gucke ihn ermunternd an, dann rückt er doch damit heraus.

»Die hat geheiratet. Drei Kinder. Sehen willste die nicht. Erkennste eh nicht mehr.«

Drei Kinder. Fiese, unfaire Welt. Julia nimmt meine Hand. Ich drücke sie.

Julias Hand verschwindet in meiner. »Jemanden, den ich kenne?«

»Mann, du kennst die Werlter doch alle«, antwortet er.

Er klopft mir auf die Schulter, murmelt eine Verabschiedung und verschwindet in der Menge, die rasch wächst. Der Hauptact lässt die ersten Basstöne erklingen. Eine Queen-Coverband, die hier in der Gegend beliebt ist. Julia geht zur Bühne, ich folge ihr. Kaum klebe ich nicht mehr an ihrer Hand, wird sie von Männern umringt, die mit ihr tanzen und feiern wollen. Sie dreht sich zu mir um und zwinkert. Ich schaue ihr zu. Sie ist hier der Film, ich bin nur das Publikum.

Bis halb eins spielen die fünf auf der Bühne. Schon bei *Another One Bites the Dust* bin ich in meiner Neunziger-Nostalgie gefesselt. Die Seile ziehen sich eng um meine Gelenke, als sie bei *The Show Must Go On* ankommen. Die Bilder von der Bühne vermischen sich mit denen in meinem Kopf, ein eigenes privates Musikvideo. Ein kleines Mädchen starrt mich an, und sagt zu ihrer Mutter: »Guck mal, der Mann da weint.« Ihre Mutter schaut mich ebenso fasziniert an. Völlig ungeniert. Wie im Zoo. Ich mache mich zum Bierstand auf und bestelle eine Cola.

Da sehe ich ihn. Den Spuckejungen. Ich warte nicht auf meine Bestellung, sondern gehe auf ihn zu. Er sieht mich, reißt die Augen auf und dreht sich um. Flink wuselt er in die Menge hinein. Anhand seiner Jeansklamotten kann ich ihn leicht zwischen den anderen ausmachen, die fast alle leichte Stoffe tragen. Schließlich versteckt er sich hinter einer Frau und äugt hinter ihrem Rücken hervor. Ich gehe trotzdem zu ihm. Auch im Beisein seiner Mutter werde ich ihn zur Rede stellen, selbst auf die Gefahr hin, dass sie ihn in Schutz nehmen wird.

»So, Freundchen!« Weiter komme ich nicht. Die Frau. Ich starre sie an. Das ist sie. So ohne Vorwarnung. Als würde mal wieder eine begabte Soap-Autorin mein Leben gestalten.

Ich weiß sofort, was Wolfgang gemeint hat. Ihre Haare sind kurz und stumpf. Inzwischen muss sie neunundzwanzig sein, wirkt aber deutlich älter. Es ist ihr Gesicht, das mich am meisten schockiert. Meine Oma hat immer gesagt: »Guck nicht so, sonst bleibt es so stehen!« Ihres sieht aus, als sei es stehengeblieben. Nicht unbedingt bei einer Reaktion auf einen Losgewinn.

Zusätzlich zu dem Jeansjungen hat sie zwei andere Kinder bei sich, die offenbar zu ihr gehören. Die gucken mich interessiert an. Sie braucht lange, um mich zu erkennen. Sie guckt und guckt, und schüttelt dann den Kopf, als könne sie meine Anwesenheit damit negieren. Ich gehe auf sie zu. Sie reicht mir förmlich die Hand.

»Hallo Kenny.« Immerhin ihre Stimme hat sich kaum verändert. »Ich hätte nicht gedacht, dass ich dich mal wiedersehe.«

Die Scheinwerfer der Bühne beleuchten sie nicht direkt, erhellen die Umgebung jedoch genügend und somit auch ihr Gesicht. Das Licht verändert sich, da sich auch die Scheinwerfer bewegen, so wird mal ihr Mund, mal die Nase, mal die Wange beleuchtet. Sie hat Schatten unter den Augen. Die Mundwinkel zeigen nach unten. Ihre Bewegungen wirken langsam, als würde sie ständig einen Fünfzig-Kilo-Rucksack auf dem Rücken mit sich schleppen.

Ich versuche, sie mit dem wohlwollenden Blick eines Liebenden anzuschauen. Mir vorzustellen, sie wäre meine Frau geblieben. Ich hätte dreizehn Jahre Zeit gehabt, die allmählichen Veränderungen in mich aufzunehmen. Nicht alle auf einen Schlag. Ich stelle mir sogar vor, das wären meine Kinder, doch das bringt nur den Geschmack eines schalen Biers auf meine Zunge.

Wir schweigen eine Weile. Ihr Gesichtsausdruck ist neutral wie der einer Nachrichtensprecherin im ARD. »Viel Zeit ist vergangen«, sagt sie und mustert mich.

»Bei dir aber auch.«

Natürlich. Auch an mir ist die Zeit nicht spurlos vorübergegangen.

»Fine«, sage ich und merke, wie sie bei ihrem alten Spitznamen zusammenzuckt. »Du hast mich verlassen. Nicht ich dich.«

»Ja.« Sie zieht den Ärmel hoch und zeigt mir ihren Arm. Am Handgelenk verlaufen feine, unregelmäßige, helle Linien »Ich war verdammt noch einmal erst siebzehn. Außerdem nennen mich heute alle Josi.«

Eines der Kinder klammert sich an ihr Bein und guckt angestrengt zu mir hoch. Dabei legt es den Kopf, so weit es geht, in den Nacken.

»Aber seine haste gekriegt.«

Sie schaut wieder hoch und blickt mir in die Augen. Ich kann in ihnen keine Regung erkennen.

»Harry und ich waren damals auch schon seit drei Jahren verheiratet.«

Ich starre sie mit hochgezogenen Brauen an. »Du hast also tatsächlich Jeansmann geheiratet?« Das erklärt den Aufzug des Jungen. Der verfolgt unsere Unterhaltung vom sicheren Platz hinter seiner Mutter aus. Gleicher Klamottenstil wie Harry damals. Womöglich sogar dieselbe Kluft. Jeansmann Junior. Ich muss ein trockenes Lachen unterdrücken.

Sie sieht überrascht aus, dann lacht sie und wirft dabei den Kopf nach hinten. Ihr Lachen hat sie ihrem früheren Selbst geklaut.

Also hat sie Jeansmann geheiratet, dem Alter des Jungen nach zu schließen, kaum zwei Jahre nach meinem Weggang. Das kommt mir vor, als hätte sie auf mein Grab gepisst. Mein symbolisches Grab.

»Und du? Verheiratet? Kinder?«

In dem Moment stellt sich Julia zu mir. Ich sehe sie so, wie Fine sie nun sehen muss. Die Grübchen. Der Mund, dessen Winkel fast immer nach oben zeigen. Julia greift unbeschwert nach meiner Hand und lächelt Fine an, als wäre sie eine alte Bekannte. »Hi. Ich bin Julia.«

Fine antwortet nicht, also sage ich: »Das ist Josefine Müller. Wir waren in den Neunzigern eine Weile zusammen.« Das klingt beiläufiger, als ich es meine.

Fines Blick trifft mich. Julia gibt ihr die Hand. Die Kinder beachtet sie nicht. Die Leute denken, sie kann mit ihnen nichts anfangen. Sie ignoriert sie. Für mich funktioniert das nicht. Ich sehe sie überall. Eins im Buggy. Eins auf der Schulter seines Vaters. Eins im Feuerwehrauto eines Karussells. Im Schnelldurchlauf sehe ich sie erwachsen werden. Sie lernen laufen, reden und ihrer Mutter sagen, dass sie die beste Mama von der ganzen Welt ist. Ihre Gesichter verwandeln sich von jetzt auf gleich in lachende, sie heben die Hände hoch, zeigen auf etwas: Guck mal, Mama. Guck mal, Papa.

Der Mann da weint.

Ich drücke Julias Hand. Fine verabschiedet sich hastig. Ihr letzter Blick gilt unseren verschränkten Händen.

»War sie das?«, fragt Julia. Die gute Laune ist aus ihrer Stimme verschwunden.

»Ja. Das war sie.«

LIV MODES

Wolken über See

Er starrte das Ding vor sich an wie eine Absonderlichkeit. Es müsste *Lebenswerk* heißen, fand er. Weil es das war, irgendwie zumindest, und Dingen wie diesen gab man doch Namen. Es war das Ergebnis eines Lebens, das erst vor drei Wochen begonnen hatte.

So lange war es her, dass er gegangen war.

Echt mutig von dir, so ein Aussteigerleben. Respekt, Mann! Dem Kapitalismus den Rücken kehren, nur noch das nehmen, was man wirklich braucht, raus aus dem System. Starker Move, müssten eigentlich viel mehr Leute machen! Anyway. Wann kommst du zurück nach Berlin?

Er war gut darin gewesen. Darin, in der Stadt zu leben, ins System zu passen, den Vorgesetzten in den Arsch zu kriechen und auf die Fahrradfahrenden zu schimpfen oder die ständigen Demonstrationen oder die Rechten, je nachdem, was gerade verlangt wurde. Abends war er mit den Leuten aus der Agentur weggegangen, manchmal Billard, manchmal ins Fußballstadion. Er hatte »Schiri!« gebrüllt und »Foul!« und »Den Bericht hätte ich gestern schon gebraucht, aber take it easy, nimm dir noch ne Fritz-Kola aus dem Kühlschrank«, bis er die Bedeutung dieser Worte vergessen hatte.

Hier draußen gab es keine Worte. Hier gab es nur den Wind und das Wasser und eine schlechte Internetverbindung, mit der die Tutorialvideos ständig abbrachen.

Ich stell mir das ja total schön vor, so am See. Die ganze Zeit draußen, komplette Outdoor-Experience, aber trotzdem Stadt in der Nähe, für den Notfall. Man weiß ja nie. Ich war letztens auch mal für ein Wochenende in Brandenburg. Gleich ein ganz neues Lebensgefühl, ich sag's dir, du machst alles richtig.

Es war ihm wichtig gewesen, alles richtig zu machen. Die Planken. Die Ruder. Die kleine Holzbank in der Mitte. Erst hatte er auch ein Segel einbauen wollen, weil er sich als Kind immer ein Boot mit Segel gewünscht hatte. Dann war ihm eingefallen, dass er gar keins brauchte. Schließlich hatte er nicht vor, irgendwohin zu fahren. Außerdem hätte das ohnehin viel zu lange gedauert, seine Hände waren das Arbeiten nicht gewöhnt.

Jetzt wünschte er sich, er hätte es getan. Dann hätte er es hissen können, das Segel. Wie eine weiße Fahne.

Er trat aus dem Bootsschuppen, der sich am Ufer des Sees versteckte, und legte den Kopf in den Nacken. Lämmerwolken durchzogen den Himmel über ihm. Das bedeutete schlechtes Wetter. Wusste er aus den Tutorials.

Er schloss die Augen.

Was ziehst du dir da rein? Du wirst doch nicht auch noch einer von denen, die behaupten, früher war alles besser, oder? Wie so ein Boomer. Ganz ehrlich, früher war's auch nur anders scheiße. Meine Meinung.

Als er die Augen wieder öffnete, hingen fette, schwarze Wolken über dem See. Ungeduldig riss der Wind am

Schilf und an der Wasseroberfläche. Der Sturm wartete auf ihn. Er ging zurück in den Bootsschuppen, wo der kleine Kahn wartete, den er in den letzten drei Wochen gebaut hatte. Seine Flipcharthände hatten sich an den Holzsplittern die Haut aufgerissen. Schorf saß auf den Wunden.

Er ließ das kleine Boot zu Wasser und stieg hinein. Es war nicht perfekt. Ausnahmsweise mal nicht hundertzehn Prozent. Aber er spürte, dass es ihn trug. Es würde seinen Zweck erfüllen, auch ohne Segel. Und während er sich vom Steg abstieß, fragte er sich, wofür das Segel eigentlich eine Metapher war. Für seinen Triumph oder sein Scheitern?

Er drängte das Boot durch das Schilf und kämpfte sich hinaus auf den See. Das andere Ufer konnte er nicht sehen. Vielleicht hatte er sich geirrt. Vielleicht war das gar kein See, sondern ein Ozean. Und vielleicht spielte das gar keine Rolle, denn sein Boot schaukelte und taumelte nur wie eine Nussschale auf der Pfütze. Die Wolken starrten hungrig auf ihn herab. In der Mitte des Sees ließ er die Ruder los und stand auf.

Stand allein.

Stand frei.

Drei Sekunden lang.

Dann warf sich der See gegen das Boot und schubste ihn hinunter, öffnete weit das gierige Maul und verschlang ihn.

»Guten Appetit«, sagten die Wolkenschafe.

Hast du das von Mark gehört? Oh my, total schlimm. Und ausgerechnet jetzt, wir wollten doch nächsten Monat zusammen nach Tansania. Voll blöd, stornieren geht jetzt nicht mehr. Hey, hast du vielleicht Bock mitzukommen?

TINO FALKE

NPC

Ich sage erst etwas, als ich angesprochen werde.

Während ich am Büfett stehe, taucht plötzlich der Brautvater auf und erzählt, wo das frisch vermählte Paar seine Flitterwochen verbringen wird. Ich nehme mir Kroketten, Eihälften mit Avocadocreme- und Kaviarfüllung, Karottenstreifen vom Rand der Servierplatten – und er beschreibt mir ein exklusives Strandhotel irgendwo in der Karibik. »Fünf Sterne«, sagt er. »Schon morgen früh geht der Flug.«

Ich sehe ihn an, auf meinem Teller nichts als Beilagen, und sage: »Im Süden regiert der Albengraf und an den Küsten Haus Kerriks Oktoflotte. Da bleibe ich lieber auf meiner Rübenfarm.«

Als ich nach dem nächsten Tomate-Mozzarella-Spieß greife, bin ich schon wieder allein. Hätte ich nicht ein teures Brautjungfernkleid an und wäre von feiernden Menschen umgeben, ich würde mich fühlen wie bei der Arbeit, ins Nichts redend in meiner Aufnahmekabine. Immer reagierend, doch nie Teil eines Gesprächs.

Wer Filme oder Serien synchronisiert, hatte früher gelegentlich das Glück, einen echten Dialog mit anderen Menschen im selben Raum aufnehmen zu können.

Heute habe ich als Sprecherin die schalldichte Zelle für mich. Ich schreie, flüstere, seufze und stöhne Sätze ins Mikrofon, auf die einige der größten Stars der Branche antworten werden, doch es kann passieren, dass ich wochenlang nur den immer gleichen Produzenten zu Gesicht bekomme, der mir sagt, mit welcher Emotion ich das Gesprochene noch mal wiederholen soll. Und noch mal. Und noch mal.

Das ist es, was ich antworte, wenn mich am Büfett jemand fragt, was ich beruflich mache. Ich gebe Nebenfiguren in Videospielen eine Stimme. Ich synchronisiere *Non-Player Characters*, mit denen die Spielenden interagieren können.

Für ein Fantasy-Rollenspiel wie *Realms of Forgotten Lore*, wo man in jeder Unterhaltung mehrere Antwortmöglichkeiten zur Auswahl hat, die den Handlungsverlauf beeinflussen, werden Hunderte Reaktionen aufgenommen. Ob ein NPC traurig oder verärgert klingt, ängstlich oder erfreut – das hängt einzig davon ab, welche Dialogoption die Spieler wählen.

Drücke A für »Gemeinsam bezwingen wir den Eiswyrm!«

Drücke B für »Wer sich mir in den Weg stellt, wird bei lebendigem Leibe ausgedärmt.«

Ich bin nur auf dieser Hochzeit, weil alle immer die höflichste Option wählen.

Zurück am Tisch wartet meine alte Schulclique auf mich, seit dem großen Klassentreffen vor ein paar Monaten wieder in meinem Leben. Trotz zehn Jahren Funkstille stellte dort niemand infrage, dass wir noch immer bestens befreundet sind. Wir umarmten uns, zeigten einander Fotos und berichteten die Highlights unserer Zeit seit dem Abschluss.

G ist der Armee beigetreten und fliegt inzwischen Kampfhubschrauber.

J verkauft selbst gemischte ätherische Öle, um sich jährliche Orient-Reisen zu finanzieren.

R ist Vater von Zwillingen in Elternzeit, und seine Frau erwartet schon das nächste Kind.

Und ich rufe regelmäßig Sätze ohne Empfänger in meine leere Wohnung, wenn der Pizzabote an der Tür steht, damit er nicht glaubt, die Bestellung in seinen Händen wäre für mich allein. Der einzige Erfolg, von dem ich berichten kann, ist, dass ich vor einer Weile eine aufstrebende Schauspielerin synchronisieren durfte, ein neues Sternchen Hollywoods, jung, talentiert und wunderschön. Von Casting-Agenturen genauso geliebt wie von Award-Jurys. Ein Jackpot für die Sprecherin, die zufällig ihren ersten Film übernehmen durfte. Im Idealfall bedeutet eine begehrte Newcomerin drei bis vier Blockbuster pro Jahr, die sicherstellen, dass ich meine Stimme nie wieder für Werbespots hergeben muss. Es sei denn, die junge Schauspielerin wird am Morgen nach einer Partynacht mit zwei Promille und kokainverkrusteter Nase am Steuer ihres Lamborghini erwischt und verhaftet, stürzt sich aus dem fahrenden Polizeiauto und wird von einem Schulbus dahinter in den Bordstein gestanzt.

Drücke X für »Mein herzliches Beileid«.

Drücke Y für »So wird man aber kein Walk-of-Fame-Stern«.

»Man muss das Kinn auf den Brustkorb drücken«, sagte G. »Damit man sich nicht den Schädel auf der

Straße aufschlägt. Arme und Beine eng an den Körper. Vom Fahrzeug wegspringen, um dem restlichen Verkehr auszuweichen, und auf der Schulter abrollen.«

»Vielleicht hätte ihr eine energetische Reinigung gutgetan«, sagte J. »Die meisten hochschwingenden Öle sorgen auch für emotionale und mentale Stärkung. Meine Aura wird am besten geschützt, wenn ich Palo Santo, Ysop oder Wacholder sprühe.«

»Die armen Schüler«, sagte R. »Hoffentlich hat keiner von ihnen die Leiche gesehen.«

Währenddessen dachte ich nur an *Prime Crime Overtime*, das Action-Drama, in dem ein Kleinkrimineller in einer Großstadt von Auftrag zu Auftrag geschleppt wird, obwohl er schon zu Beginn des Spiels todmüde ist. Wenn man im letzten Level dem großen, bösen Mafiaboss gegenübersteht, gibt es nur eine Dialogoption: »Bei allem Respekt, Don Terrone, ich wäre viel lieber in meinem Bett.«

Als das Klassentreffen endete, betonte ich dennoch wie alle anderen, was für einen Spaß ich hatte und wie gern ich alle wiedersehen würde. Niemand entscheidet sich für »Wir sehen uns in zehn Jahren« oder »Lebt wohl, ich werde euch auch weiterhin nicht vermissen«.

Also sehen wir uns alle wieder. Bei der Taufe von Rs Kindern. Beim Richtfest von Gs neuem Haus. Und heute, auf der Hochzeit von Js Schwester, die damals in eine Parallelklasse ging. Jede Feier wird genutzt, um die alte Bande noch einmal zusammenzubringen.

Seit ein paar Tagen habe auch ich die Chance, zu einem besonderen Anlass einzuladen. Auf dem Briefumschlag in meiner Handtasche prangt das Siegel des Instituts für Interaktive Medien. Die jährliche Verleihung des Goldenen Stimmbands steht unmittelbar bevor – und ich bin nominiert!

Ob für meine Leistung als überforderte Rübenbäuerin in *Realms of Forgotten Lore* oder als hysterische Passantin in *Prime Crime Overtime*, das verrät das Schreiben nicht. Vielleicht geht es um meine Rolle als nervöse Soldatin im Ego-Shooter *What the Flag*, die für Aufsehen sorgte, weil sie die einzige Frauenfigur im Spiel war. Vielleicht handelt es sich nur um einen Tippfehler. In ein paar Wochen werde ich es erfahren. Ich und drei Begleitpersonen meiner Wahl.

Würde ich das Trio fragen, mit dem ich mir einen Tisch in der Nähe des Brautpaars teile, hätte ich sofort drei Zusagen sicher. Unsere Freizeit nach Schulschluss verbrachten wir damals grundsätzlich zusammen. Unsere alten Fotoalben von Klassenfahrten, Partys und gemeinsamen Ausflügen zeigen uns vier auf jeder Seite. Es sei denn, ich war hinter der Kamera. Oder zu weit am Bildrand. Oder von irgendwem verdeckt. Trotzdem male ich mir aus, wie meine alte Clique aus dem Zuschauerraum zu mir hinaufblickt, wie die drei applaudieren, wenn ich meinen Preis erhalte, wie sie staunen, wenn das Scheinwerferlicht einmal genau auf mich fällt.

Doch um das beliebteste Zitat meiner Bäuerin zu bemühen: »Wer Rubinrüben ernten will, sollte vorher wissen, ob sie ihm auch schmecken.«

Also frage ich G, wie es war, seinen ersten Militärorden zu erhalten:

»Es muss ein tolles Erlebnis gewesen sein, nach all den Jahren harter Arbeit für seinen Einsatz gefeiert zu werden, oder?«

»Die Auszeichnung ehrt all meine Brüder und Schwestern in Uniform«, gibt er schlagartig zu Protokoll, während ich meine Büfettgarnitur esse. »Sie symbolisiert Pflicht, Ehre und Vaterland, die wichtigsten Maßstäbe jedes Soldaten, und würdigt für immer den Ethos des Offiziers, der ein Richtwert sein sollte für jeden, der den freien Gehorsam zum Wohle seines Landes im Herzen trägt.«

»Und wie hat es sich so angefühlt, von der ganzen Kompanie beglückwünscht zu werden?«

»Meine Gedanken während der Zeremonie galten ganz meinen gefallenen Kameraden und all den mutigen jungen Männern und Frauen, die ihren Dienst unter der Flagge in Zukunft leisten und unsere Ideale in der Welt vertreten und verbreiten werden.«

»Deine Eltern waren sicher stolz auf dich!«

»Solange ich im Namen der Sache stets alles geben konnte, kann ich eines Tages erhobenen Hauptes vor meinen Schöpfer treten.«

Ich nicke, den Mund voll mit Spinat-Frischkäse-Talern, den Kopf voll Fragezeichen.

Drücke ■ für eine hilfreiche Antwort.

Drücke auf die Tränendrüse, wenn dein patriotisches Herz es nicht anders kennt. In *What the Flag* habe ich Ähnliches von mir gegeben, zwischen Angriffsgebrüll und Sterberöcheln. Als NPC muss man für alle Eventualitäten gewappnet sein. Die Entscheidungen der Spielenden bestimmen, ob sie als letzte Wortmeldung von mir Triumphgeschrei hören oder ein leiser werdendes »Mir ist so, so kalt«. Ob meine Figur im ersten Akt fällt oder bis zum Abspann dabei bleibt, in dem zwischen Tausenden anderen mein Name steht. Als würde irgendwer den lesen.

Nur heute Abend wandert jeder Blick zuerst auf das Namensschild an meinem Ausschnitt. Menschen, die früher im selben Jahrgang waren und mich regelmäßig auf dem Schulhof gesehen haben, fragen, ob ich zur Braut oder zum Bräutigam gehöre. Ich sage ihnen: »Um ehrlich zu sein, Don Terrone, ich gehöre vor allem ins Bett.«

Und bevor man ↑ ↑ ↓ ↓ ← → ← → BA sagen kann, stehe ich auch am Rand der Tanzfläche allein. Wie beim Kauf des Kleides, als die Verkäuferin mich eine halbe Stunde ignorierte, weil sie dachte, ich warte auf jemanden in den Umkleidekabinen. Wie in meiner Wohnung, wo ich auf der Sofalehne sitzend von der vielleicht größten möglichen Ehrung meines Lebens erfuhr. Für eine undankbare, schlecht bezahlte Arbeit, die ich trotzdem so gern mache wie nichts anderes.

Mit diesem Gedanken im Kopf frage ich J, ob ihr das Verkaufen ihrer Öle immer Spaß macht:

»Wenn man gar nicht dabei ist, wenn andere das Ergebnis deiner Arbeit erleben, ist das nicht manchmal frustrierend?«

»Für Erfüllung bei der Arbeit und im Leben muss man versuchen, sich selbst nicht zu blockieren«, sprudelt sie los, während ich mit einer der Sofortbildkameras spiele, die auf jedem Tisch liegen. »Es gibt zahlreiche Mischungen, die den inneren Antrieb stärken und helfen, auf der persönlichen Ebene vorwärtszugehen, sein verstecktes Potenzial zu leben und den eigenen Sinn anzunehmen.«

»Und was ist mit Kundschaft, die all das für Aberglauben hält?«

»Fenchel boostet die Selbstsicherheit, wenn man sich ungehört fühlt. Rosmarin hebt den Energielevel und öffnet die Meridiane für mehr Inspiration und Klarheit. Ylang-Ylang fördert die Konzentration auf das Essenzielle und bringt die Balance in den Fluss des Lebens, damit man sein Fundament stabilisieren kann.«

»Also bist du glücklich mit deinem Beruf?«

»Wenn man den eigenen Fokus mal verliert, helfen Massagen, um die positiven Informationen durch energetische Berührungen an jede Zelle weiterzugeben.«

Drücke ▲ für einen klaren Einblick in dein Leben.

Drücke die Daumen, dass niemand nachhakt, was all das bedeuten soll. Ich kenne Ähnliches vom naturverbundenen Albenvolk aus *Realms of Forgotten Lore*. Meine Bäuerin würde sagen: »Ein Alb kann dir verraten, was der Mondschein träumt, aber frage ihn nie nach der Uhrzeit!«

Also lasse ich die Fragen vorerst sein und schlendere zum Barkeeper, der meine Bestellung erst beim dritten Rufen wahrnimmt. Zum DJ, der meinen Musikwunsch nicht hört, weil er mit anderen Gästen flirtet. Als der Brautstrauß geworfen wird, werde ich chancenlos in die letzte Reihe gedrängt. Immer Brautjungfer, niemals Braut. Die glückliche Fängerin rennt mit den Blumen im Kreis.

»Ich glaub, ich träume!«, ruft sie, als sie an mir vorbeikommt. »Kneif mich mal einer!«

Aber wenn sie recht hat und ich nur eine Randfigur in ihrem Traum bin – höre ich dann nicht auf zu existieren, wenn sie aufwacht? Bevor ich entscheiden kann, ob ich sie wirklich kneifen soll, ob ich es riskieren soll, ob es nicht vielleicht sogar besser wäre, ist sie auch schon weitergelaufen. Rasant wie die Sportwagen in *Accelerate!* oder das Gürteltier im Jump'n'Run-Abenteuer *Carmadillo*, das gern so schnell wie ein Auto wäre. Spiele, mit denen ich heute Geld verdiene, die ich aber bereits in meiner Jugend geliebt habe.

Ich frage R, ob er sich auch so gern daran erinnert wie ich:

»Weißt du noch, wie wir wochenlang den ersten *Anabel Explosion*-Teil gespielt und antike Schätze in Tempelruinen gesucht haben?«

»Mit den Zwillis im Haus ist das undenkbar«, stöhnt R, während ich Blüten von der Tischdeko zupfe. »Fluse wird schon wuselig, wenn nach Schlafenszeit noch ein Tablet im Nebenraum flackert, und der KiA sagt, Popel könnte später Amok laufen, wenn er jetzt schon blutige Ballerspiele anguckt!«

»Hast du zufällig mal in den neuesten Teil reingeschaut?«

»Die Kleinen mögen lieber Stofftiere und Bausteine, das fördert auch die Sozialkompetenz und das räumliche Denken. Und wenn der Bauchzwerg aus der Zauberkugel raus ist, wollen wir uns ganz auf seine musikalische Ausbildung konzentrieren. Die Hebi sagt aber, in der Kennenlernzeit soll jede Reizüberflutung vermieden werden, damit der neue Erdenbürger mit der MuMi auch ganz viel Fürsorge und Liebe aufsaugt.«

»Vermisst du unsere Spieletreffen nicht auch manchmal?«

»Hauptsache, die Stöpsel sind gesund, dann bin ich der glücklichste Mensch der Welt!«

Ich nicke, lasse mir auf Babyfotos zeigen, dass die Kleinen nicht aufhören zu wachsen, und zitiere die Rennmaus aus *Carmadillo*, dem einzigen Kinderspiel in meinem Lebenslauf: »Oi, da weiß wohl einer nicht, wo die Bremse ist!«

Den Rest des Abends drücke ich mich vor weiteren Unterhaltungen. Ich drücke ein Auge zu, wenn Leute mich mit einem falschen Namen ansprechen oder übersehen. Ich drücke G, drücke J, drücke R und verabschiede mich mit alten Zitaten.

Ich sage: »Danke, dass du unser Land so heldenhaft verteidigst!«

Ich sage: »Mögen deine Wünsche sich dir gänzlich anverwandeln!«

Ich sage: »Oi, denk dran, irgendwann die Stützräder abzunehmen!« Und alle drei lächeln, denn mit der richtigen Dialogoption stellt man jeden NPC zufrieden.

Im Taxi nach Hause lese ich mir noch einmal die Einladung zum Goldenen Stimmband durch, dann schaue ich die Polaroids an, die mit der Minikamera von unserem Tisch gemacht wurden. Ich sehe die drei Menschen, die mal die wichtigsten in meinem Leben waren, daneben mein Ohr, meine Schulter, vielleicht meine Hand. Die Fotos fliegen aus dem Autofenster, bevor das Stimmgewirr der Party in meinem Kopf abgeklungen ist.

Die nächsten Wochen verbringe ich mit Aufnahmen für eine neue *Realms*-Erweiterung, die nächstes Jahr erscheinen soll. Ich spreche eine Botschafterin der Alben, die einen Friedensvertrag mit abtrünnigen Stämmen ihres Volkes aushandeln soll.

»Einst waren wir Verbündete«, sage ich ins Mikrofon, »doch unsere Pfade berühren sich nur noch in der Vergangenheit. Wenn wir nicht mehr miteinander leben können, müssen wir lernen, nebeneinander zu leben.«

Durch das Fenster der Aufnahmekabine sehe ich den Produzenten an, doch es ist nicht sein Gesicht, das ich vor Augen habe. Ich setze mich aufrecht hin und sage: »Dass wir dieselbe Sprache sprechen, heißt nicht, dass wir einander verstehen.«

Als ich mir an diesem Abend etwas bestelle, gaukle ich dem Lieferanten keine Gesellschaft vor. Ich mache es mir in der Sofamitte bequem. Während ich esse, betrachte ich die Videospiele in meinem Regal und denke an all die NPCs, die meine Stimme haben.

Die Preisverleihung naht, bevor ich Gelegenheit habe, mir ein neues Kleid zu kaufen. Im Brautjungfernkleid von der Hochzeit finde ich mich an einem Tisch neben dem Büfett wieder, der Saal voll mit Kolleginnen und Kollegen, die ich nur vom Hören kenne. Die drei Stühle neben mir sind leer.

Ich schaue zum Eingang. Ich lese noch mal die Einladung.

Am Büfett neben mir füllt sich ein Mann den Teller mit Kartoffelgratin, Räucherlachs und Salat. Bevor er zu seinem Platz zurückkehrt, bleibt er neben mir stehen. »Ein überfüllter Festsaal voller Fremder oder die muffige, enge Kabine im Studio. Man weiß gar nicht, wo man lieber ist.«

Ich starre ihn an. Natürlich kenne ich die Stimme. Wir haben schon zahlreiche Dialoge geführt, ohne uns auch nur ein einziges Mal zu treffen. Neben meinem Tisch steht der Protagonist von *Prime Crime Overtime!* Er wirft sich eine Cocktailtomate in den Mund, und ich sammle den Mut zu antworten.

»Wohin man auch geht«, sage ich, »überall drängen die Gottheiten einem Abenteuer auf. Da bleibe ich lieber auf meiner Rübenfarm.«

Fast verschluckt er sich, so plötzlich muss er loslachen. Er sagt, er kennt mich! Die arme Bäuerin, deren Beete ständig verwüstet werden! Die Motorradfahrerin aus *Accelerate!* Die Soldatin aus *What the Flag!* Er zählt Spiel um Spiel auf, dann fragt er, ob er sich zu mir setzen kann.

»Klar«, antworte ich. »Die Plätze sind alle frei.«

Quer durch den Saal winkt er einer anderen Kollegin zu, und bald gesellen sie und einer ihrer Begleiter sich zu uns. Keine ihrer Stimmen ist mir fremd. Die Frau kenne ich als Ork-Schamanin und als Gegenspielerin aus dem neuesten *Anabel Explosion*-Teil, den Mann als cholerischen Hotdog-Verkäufer und als Carmadillo höchstpersönlich! Sie setzen sich zu uns. Sie freuen sich, meine Bekanntschaft zu machen.

Ich habe niemanden, den ich ihnen vorstellen könnte. Die drei aus meiner Schulzeit – die Bande, die sich damals so gut verstand, als sie gar keine andere Wahl hatte, als sich jeden Tag zu sehen – habe ich gar nicht erst eingeladen. Es hat gedauert, bis mir klar wurde, dass wir keine gemeinsame Sprache mehr sprechen. Dass sie nur noch Nebenfiguren in meinem Leben sind. Und dass diese Entwicklung so viele Jahre nach unserem Abschluss völlig in Ordnung ist.

Ich gehe fest davon aus, dass auch die drei neuen Bekanntschaften bald wieder an ihre eigenen Tische zurückkehren und mich allein zurücklassen. Doch sie bleiben sitzen, essen ihre Teller leer und teilen Anekdoten über die Produzenten und Tontechnik-Angestellte, mit denen jeder von uns schon gearbeitet hat, und die Spiele, an denen wir alle beteiligt waren. Irgendwann steht ein Kellner neben dem Tisch und fragt, ob wir fertig sind. Wir sehen einander an, und aus vier Mündern kommt dieselbe Antwort:

»Ich bin so fertig, Don Terrone, innerlich bin ich schon lange im Bett!«

Wir lachen, während der Kellner verschwindet, und hören nicht auf, uns gegenseitig alte Zitate entgegenzuwerfen, bis sich der Vorhang der Bühne öffnet.

Die Stimmen im Saal verstummen. Wir lauschen den Aufzählungen der Nominierten und den Dankesreden der Ausgezeichneten. Wir applaudieren und warten auf die Kategorie, die uns heute hier zusammengebracht hat: Beste Synchronarbeit für *Non-Player Characters.*

Doch egal ob gleich mein Name verlesen wird oder ich ohne Trophäe zurück nach Hause gehe – die drei an meinem Tisch haben sich für die beste Option entschieden.

Alle drei drücken mir die Daumen.

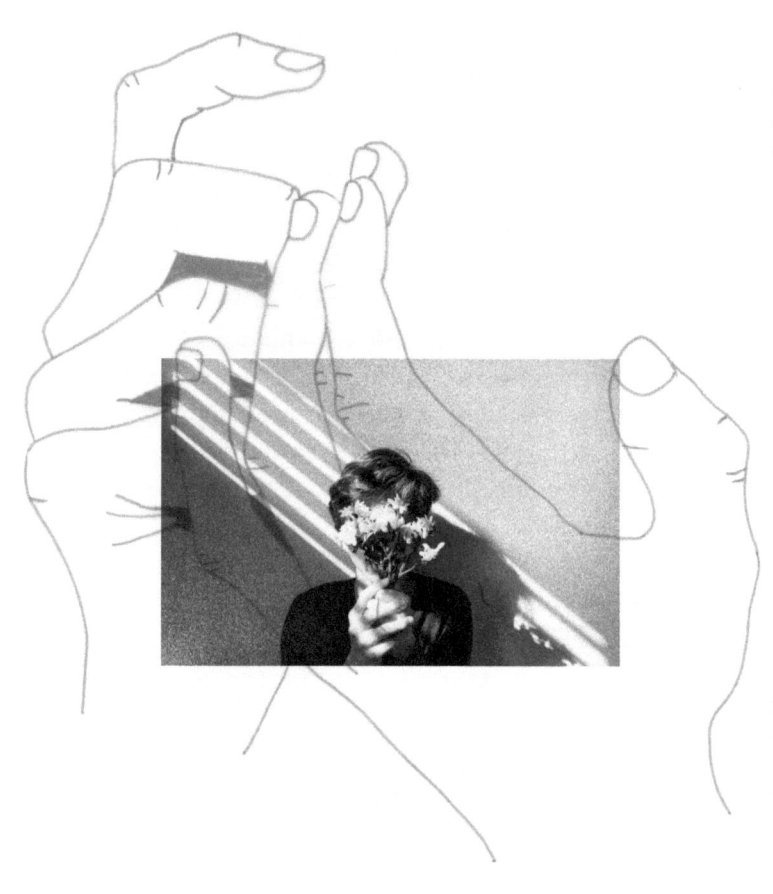

Der Lichtmaler

Zwei Brüder.
Der eine malt mit Klängen,
der andere mit Licht.
Dem einen steht der Schmerz
ganz offen im Gesicht.
Dem andern liegt er
unter Schicht um
Schicht um
Schicht.

Ein intensives, gleißendes Strahlen dringt in mein In-
neres, füllt mich aus, pulsiert in mir, rührt an meinen
Kern und entzündet meine Lebensgeister. So viel Licht,
so stark und so hell, dass ich kaum weiß, wohin damit.
Ich spüre ein dumpfes Vibrieren an meinem Gehäuse,
spüre jemanden an meiner Blende drehen und einen
stechenden Schmerz der Helligkeit aufblitzen, als für
den Bruchteil einer Sekunde noch mehr Licht herein-
dringt. Dann verwandelt sich das beißende Strahlen in
ein warmes, orangerotes Leuchten. Erleichtert nehme
ich mir einen Moment, um dem Licht nachzuspüren,
das mein Innenleben jetzt angenehm zum Schwingen
bringt. Jemand seufzt auf meinen Rücken, das Seufzen

lässt meinen Blick über dunkle Baumsilhouetten wandern, fokussiert mich auf eine Oberleitung, gleitet daran entlang, lässt mich den zartrosa Himmel in all seinen Facetten aufnehmen.

Er testet mich; schaut, was ich kann, und ich zeige es ihm. *Da, sieh hier die Farbe, was ist das, wie hell ist das, was machst du mir daraus,* scheint er zu fragen, stumm. Und ich gehorche. Ich gehorche ihm, gehöre ihm, in dessen Händen ich Leben bin. Er gibt mir das Licht und ich verarbeite es, bin sein Instrument und er meine Seele.

Es wird zu dunkel, er packt mich ein.

In einem grauen Raum, der an manchen Stellen hell erleuchtet ist, erwache ich erneut. Vor mir steht ein Stuhl, der sich nach und nach deutlicher von der Wand abhebt. Eine verschwommene Silhouette bewegt sich in mein Sichtfeld und nimmt auf dem Stuhl platz, wird schärfer und wendet sich mir zu. Die Haare sind unordentlich, sie stehen in alle Richtungen ab, ich muss mich konzentrieren, um ihre Tiefe einzufangen, damit nichts verschwimmt. Die Farbe des Pullis ist dunkel, ist das Blau oder Grün? Es ist nicht hell genug. Der Mann steht auf, geht um den Stuhl herum, bewegt sich auf mich zu und wieder weg und wieder auf mich zu, bis er direkt vor mir steht. Blau ist der Pullover. Und übersät mit winzigen, hellen Knötchen.

Er geht in die Knie, ist mit dem Kopf nur zwei Handbreit von mir entfernt. Die Augenbrauen sind konzentriert zusammengezogen, der Mund leicht geöffnet und er fasst mir an die Rückseite, klappt das Display nach vorne, um sich selbst sehen zu können. Mit der anderen

Hand tippt er mir behutsam an die Seite, damit all die Eigenarten seines Gesichts bis ins kleinste Detail in mich eindringen können. An der linken Augenbraue zeichnet sich eine weiße Narbe ab, auf der keine Härchen wachsen. Von den Wangen schickt ein dichter Bart, in dem sich das Licht reflektiert, rötliche Blitze zu mir. Ganz anders als die hellbraunen Augen, die matt in ihren Höhlen liegen und trotzdem zuversichtlich funkeln. Das spitze Kinn passt nicht zu den anderen weichen Zügen. Seine Bewegungen sind langsam, aber nicht zögerlich, er reibt sich über den Mund, fasst sich ans Kinn, dreht den Kopf zur Seite. Ich nehme seine abgekauten Fingernägel auf und auch die Narben, die Krater an seinem Hals, die auch Schultern und Nacken sprenkeln. Die andere Hand liegt weiterhin an meiner Seite, tastet sich nach oben; und noch während er aufsteht, wird es dunkel.

Als ich zu mir komme, hat sich nichts verändert, als dass der Lichtmaler wieder auf dem Stuhl sitzt und seinen Pulli ausgezogen hat, auf dem Kopf trägt er einen Hut, der sein Gesicht in Schatten taucht. Jemand stellt mich scharf, er nimmt Gestalt an. Er breitet sich aus auf seinem Stuhl, die Beine von sich gestreckt. Einen Arm über der Rückenlehne, ruft er der Person hinter mir etwas zu, das Gesicht ist jetzt besser zu sehen. Die Augen blitzen messerscharf hinter einem Vorhang aus Dunkelheit auf, nicht mehr matt, nicht mehr unendlich müde. Wie der Lichtmaler sieht er zwar aus, aber wie ein älteres Modell, abgegriffen, farbloser, nicht so strahlend: bloß ein paar Stoppeln auf den Wangen, die kaum die Furchen verbergen, dieselbe hohe Stirn, dasselbe sture Kinn, dieselben Sommersprossen. Er sieht aus, als hätte man die weichen Kanten des Lichtmalers zu scharf gestellt, die Temperatur und Sättigung runtergedreht, den Kontrast erhöht. Eine Hand von der Seite reicht ihm eine Gitarre. Die Hand mit den abgekauten Fingernägeln, an einem Arm, der im blauen Pullover steckt.

Mit der Gitarre kommt Leben in die Furchen, um die Mundwinkel legt sich eine Weichheit, als er sachte über die Saiten streicht, die Augen geschlossen. Dann sieht er auf, deutet mit dem Kinn auf mich, sagt etwas, neigt den Kopf, während der Lichtmaler ihm antwortet. Ich spüre das vertraute Vibrieren seiner Stimme.

Die Hand löst sich von meiner Seite, der Lichtmaler geht um mich herum, auf den anderen zu, steht mir im Sichtfeld. Er stützt die Hände in die Seiten, der andere stellt die Gitarre neben sich ab. Der Lichtmaler tritt einen Schritt zur Seite, der andere hat die Arme verschränkt, die Lippen aufeinandergepresst. Die Brust des Lichtmalers hebt und senkt sich zweimal, dann geht er in die Knie, direkt neben der Gitarre. Er legt dem anderen die blasse Hand auf den Arm, macht sein Gesicht noch ein bisschen weicher, als er auf mich deutet. Sein Blick leuchtet mehr als zuvor, die Pupillen sind geweitet, die Augenbrauen hochgezogen, als er auf den anderen einvibriert, zu leise, als dass es bei mir ankommen würde. Der Mann auf dem Stuhl legt den Kopf in den Nacken, sieht zur Decke, bläst die Backen auf. Er schüttelt die Hand des Lichtmalers ab. Der gibt ihm die Gitarre und kommt wieder zu mir herüber und lässt mich einschlafen.

Als ich wieder aufgeweckt werde, ist alle Härte aus den Zügen des Älteren gewichen, die Stirn hat er in Falten gelegt, die Augenbrauen zusammengezogen und den

Mund leicht geöffnet. Der hier malt nicht mit Licht. Der hier malt mit Klängen, die ich nicht verarbeiten kann. Mein Fokus richtet sich auf sein Gesicht, das sich unablässig bewegt, bis ich nichts mehr sehe als glitzernde Augen und einen Mund, der die traurigsten Geschichten erzählt. Die Sättigung ist immer noch niedrig, doch die Intensität hat sich verändert. Dieses Leuchten, das kenne ich.

Nicht lange, dann darf ich den Blick wieder auf meinen Lichtmaler richten.

Autor*innenvitas

Jennifer Pfalzgraf wurde 1987 in München geboren und zog 2010 fürs Literatur-Studium nach Berlin. 2017 schloss sie es mit einem M.A. in Vergleichender Literaturwissenschaft ab. Seit 2019 findet man sie regelmäßig bei den Treffen des Literaturnetzwerks *#BerlinAuthors* zwischen Stammtischen und Schreibgruppen. Ebenfalls 2019 gewann ihre Kurzgeschichte Einsamkeit im Hotelzimmer den 2. Platz bei der Lesebühne Konzept*Feuerpudel in Berlin. Sie hat mehrere Fantasyromane abgeschlossen und arbeitet aktuell an einer Dystopie, die im China der nahen Zukunft spielt. Im Dezember 2020 erschien ihre Kurzgeschichte *Die Gabel* in der Anthologie Großstadtklänge der *#BerlinAuthors*. Im November 2021 folgt eine weitere Kurzgeschichte in der Anthologie Großstadtgeheimnisse, ebenfalls herausgegeben von den *#BerlinAuthors*.

Nora Burgard-Arp ist Journalistin und Schriftstellerin. Sie schreibt für zahlreiche regionale und überregionale Zeitungen; im Jahr 2022 erscheint ihr Debütroman sowie ihr erstes Kinderbuch. Seit ihrer frühen Kindheit verfasst Nora Burgard-Arp außerdem Kurzgeschichten und Gedichte, die regelmäßig in Anthologien und Gedichtbänden veröffentlicht werden.

June Is veröffentlicht seit einigen Jahren ihre Kurztexte bei cluewriting.de, belletristica.com, buecherstadtkurier.com und YouTube (EAPoe Productions). Weitere Geschichten sind unter anderem in den Anthologien *Sehnsuchtsfluchten* 2017: herausgegeben von Nika Sachs & Julia von Rein-Hrubesch, *Briefe aus dem Sturm 2018*: herausgegeben von Wiebke Tillenburg & Magret Kindermann, *Das einsame Haus am grünen See* 2018: Verlag ohneohren, Wien sowie in *Badass Angels – Gefiederte Kreaturen 2020*: herausgegeben von Emma N., erschienen. Ihr Debüt erscheint wahrscheinlich 2021 im Verlag ohneohren, Wien.

Yvonne Tunnat (geboren 1978 in Sögel/Emsland als Yvonne Friese) lebt nördlich von Kiel. Sie schreibt seit den neunziger Jahren und war vor circa fünfzehn Jahren aktiv in der Berliner Lesebühnenszene, wo sie zu der Zeit lebte. Zwischen 2010 und 2020 hatte sie eine lange Schreibpause. Seit 2020 schreibt und veröffentlicht sie wieder, unter anderem in der DUM (Dem Ultimativen Magazin) und beim Schreiblust-Verlag. Ihr Schwerpunkt liegt auf Kurzgeschichten und Erzählungen.

Liv Modes wurde 1997 geboren. Nach bestandenem Abitur zog sie nach Berlin und absolvierte eine Ausbildung zur Sozialversicherungsfachangestellten. Als solche ist sie bis heute tätig. Bisher erschienen ihr Debütroman im Eisermann Verlag, eine Kurznovelle im Selfpublishing sowie mehrere Kurzgeschichten. Zudem ist sie Mitgründerin des Autor_innen-Netzwerks *#BerlinAuthors* und hat ein Fernstudium zur Social-Media-Managerin absolviert.

Tino Falke wurde 1988 in Rostock geboren, hat in Freiburg studiert und lebt in Hamburg. Nach dem Comiczeichnen in seiner Jugend fand er zum Schreiben. Er verknüpft gern das Alltägliche mit dem Fantastischen, um zu beleuchten, was in und zwischen den Menschen vorgeht – in vielen Genres wie Fantasy, Steampunk, Science-Fiction und Horror. Kurzgeschichten von ihm erschienen in Magazinen wie *c't, Exodus, Nova* und *Gegen Unendlich* sowie in mehreren Anthologien, unter anderen von Art Skript Phantastik, ohneohren, Hirnkost und den Münchner Schreiberlingen. Sein erster Roman *Crow Kingdom* ist im Amrûn Verlag erschienen. Weitere Veröffentlichungen sind in Arbeit.

S. M. Gruber, 1992 in Graz geboren, lebt seit 2015 in Berlin. Sie ist Mitgründerin des Netzwerks *#Berlin-Authors* und dessen jährlicher Anthologie (*Großstadtgeheimnisse*, 2021 & *Großstadtklänge*, 2020 & *Großstadtgefühle*, 2019). In Kooperation mit M. D. Grand veröffentlichte sie einen Jugendroman (Eisermann Verlag, 2018) und ist Herausgeberin der Anthologie *Compendium Obscuritatis – Von Musen und Monstern* (2021).
Zwei ihrer Kurzgeschichten erschienen in *Herzgezeiten* (Hrsg. Wiebke Tillenburg, Magret Kindermann, 2019). Ihre Freizeit widmet sie den schönen Künsten – und dem Entdecken der Großstadt natürlich, denn wer schreiben will, muss schließlich auch etwas erleben.

Inhaltswarnungen

Die Frau, die vor dem Regen floh: Trennungen, Tod, Apokalypse

Er sagte „Komm mit": Tod, COVID-19, Suizid, Fehlgeburt, Patriachat

Kinderzeit: Unfruchtbarkeit, Erwähnung von Alkohol-Exzess

Wolken über See: Suizid

ANTHOLOGIE

damit

MAGRET KINDERMANN

damit

Herausgeberin: Magret Kindermann

Was machst du gerade?
Nichts.

Elf Autor*innen schreiben über das, was den Alltag besonders macht. Diese Anthologie erinnert uns an den Zauber der gewöhnlichen Tage, der in großen Romanen viel zu häufig keinen Platz findet.

Dabei sind:
Alex Rump · Lily Magdalen · Catherine Strefford ·
Michael Leuchtenberger · Charley Queens · Nika Sachs
· Henriette Werner · Herbert Glaser · Katharina Stein ·
Vanessa Glau · Ela Bellcut

ANTHOLOGIE

darum

MAGRET KINDERMANN

darum

Herausgeberin: Magret Kindermann

Was machst du gerade?
Nichts …

Acht Autor*innen schreiben über Sex. Der Fokus liegt nicht auf dem körperlichen Akt, sondern auf den Momenten davor und danach. An was erinnern wir uns, wenn der Orgasmus längst verklungen ist?

Dabei sind:
Mirjam Kergl · Yvonne Tunnat · Helen Faust · Eva-Maria Obermann · Janina Haselbach · Jessica Iser · Kia Kahawa · Matthias Thurau